LES

SOUSPIRS
D'OLIVIER DE MAGNY

Texte original

AVEC NOTICE

PAR E. COURBET

PARIS,
ALPHONSE LEMERRE, ÉDITEUR,
27-29, passage Choiseul, 27-29.

M. D. CCC. LXXIV.

LES SOVSPIRS

D'OLIVIER DE MAGNY

LYON

IMPRIMERIE ALF. LOUIS PERRIN & MARINET

LES

SOUSPIRS

D'OLIVIER DE MAGNY

Texte original

AVEC NOTICE

PAR E. COURBET

PARIS,
ALPHONSE LEMERRE, ÉDITEUR,
27-29, paſſage Choiſeul, 27-29.

M. D. CCC. LXXIV.

AVERTISSEMENT

Les Souspirs *d'Olivier de Magny ont été publiés à Paris en* 1557, *in*-8° *de* 6 *ff., pour Jean Dallier & Vincent Sertenas. Toutefois, ces deux éditions n'en font qu'une seule, dont l'impression est due à Estienne Groulleau. Suivant privilége du* 8 *mars* 1556, *Jean Dallier, titulaire du droit d'imprimer & de vendre les* Odes & Souspirs *de Magny, pendant dix années, avait choisi Vincent Sertenas pour associé. On peut donc considérer une réédition des* Souspirs *sur un exemplaire au nom de ce dernier libraire, comme une exacte* (1) *reproduction du texte original de l'auteur.*

(1) Vers à corriger :

S. 23. *Voy que c'est que d'amour...*

S. 113. *Amour, qui vois tout seul tout...*

Il convient, au reſte, d'entrer dans des explications plus étendues. Les Souſpirs *forment une ſérie de 176 ſonnets, interrompue en deux endroits (S.S. 94 & 160) par deux pièces ſemblables de du Bellay & de Pierre Gilibert. Il exiſte, en outre, dans ce recueil, deux ſonnets en double emploi, ſous les nos 12 & 43. Par un reſpect, exagéré peut-être, pour l'œuvre de Magny, nous avons cru devoir, comme l'éditeur primitif, laiſſer ſubſiſter toutes ces particularités. Voici, d'ailleurs, les motifs qui juſtifient cette réſolution. Le premier ſonnet ne ſe retrouve point dans les éditions collectives de du Bellay, & celui de Gilibert, une des rares productions françaiſes de ce poète latiniſte, nous fournit ſur les mœurs romaines au XVIe ſiècle, un témoignage piquant. Enfin, pour corriger une répétition ſans importance, il eût fallu ſupprimer un numéro dans la ſérie des ſonnets ou modifier la ſérie elle-même. Or, l'un ou l'autre de ces deux partis n'aurait pu qu'être trop tardivement expliqué dans une note placée à la fin du volume.*

De pareilles conſidérations ne mettaient pas obſtacle à la ſuppreſſion des ſtances faiſant ſuite aux Souſpirs *de Magny, ſous le titre : « A un de ſes meilleurs ſeigneurs iniuſtement calomnié. » Quoique cette pièce ait été écrite à Rome, & qu'elle concerne l'ambaſſadeur d'Avanſon, comme le prouve une lettre de ce perſonnage, en date du* 18 *octobre* 1556 (*Manuſcr. de la Bibl. nat. f. fr.* 20442), *elle a été reproduite par Magny, dans le livre* II *de ſes* Odes, & *pour cette raiſon, elle devait être, ſans héſitation, retranchée du cadre où elle ne ſe trouvait point définitivement placée.*

NOTICE

Les bibliophiles qui, ſur la foi du titre, ont fait aux *Gayetez* d'Olivier de Magny le renom d'un ouvrage licencieux, ſe ſont également abuſés ſur les *Souſpirs* du même auteur. Il leur a paru que ce petit livre devait être un recueil de plaintes ſentimentales, de lamentations amoureuſes, & parmi les imitations de Pétrarque, les traductions d'Anacréon, ils n'ont pas voulu s'aſtreindre à chercher les ſonnets dus à une inſpiration plus indépendante. Le poète ne s'était pourtant pas dit comme du Bellay, ſon compagnon d'aventures :

Ie ne deſcouure icy les myſteres ſacrez
Des Saints preſtres Romains, ie ne veulx rien eſcrire
Que la vierge honteuſe ait vergongne de lire.

A.

Il allait droit devant lui, s'exprimant en liberté ſur tout ce qu'il ſentait comme ſur tout ce qu'il voyait, tantôt pouſſé par l'amour, tantôt emporté par la ſatire.

Les *Souſpirs* d'Olivier de Magny, ainſi que les *Regrets* de du Bellay, ſont nés d'un ſéjour fait à Rome pendant pluſieurs années, de 1554 à 1557. Cette dernière période embraſſe plus préciſément la durée de l'ambaſſade de Jean d'Avanſon, près de qui Olivier de Magny rempliſſait les fonctions de ſecrétaire.

Avant d'entrer dans quelque détail à ce ſujet, il n'eſt pas ſans utilité d'établir par quel concours de circonſtances, Magny devint, à la ſuite de la mort d'Hugues Salel, ſon premier protecteur, le ſecrétaire de Jean de Saint-Marcel, ſeigneur d'Avanſon, maiſtre des requeſtes de la maiſon du Roi & le Mécène de ce temps-là.

Deux mois après la publication des *Amours* d'Olivier de Magny, dans le courant de juin 1553, Hugues Salel mourut, ſelon la plupart des bibliographes, en ſon Abbaye de Saint-Chéron, &, ſuivant ſon ami Paſchal, à Chartres où il s'était retiré depuis la mort de François Ier, pour ſe donner tout entier au repos & à l'étude. Il était dès longtemps atteint d'une maladie incurable, à laquelle il devait ſuccomber dans la vigueur de l'âge, à quarante-neuf ans & demi. Tous ces détails ſont tirés de l'inſcription latine écrite par Pierre de Paſchal pour le Tombeau poétique du défunt.

Hugues Salel laiſſait de ſa traduction de l'Iliade d'Homère, entre les mains d'Olivier de Magny, le manuſcrit des XIe & XIIe livres, & quarante-huit vers du XIIIe. Une recommandation dernière accompagnait ce mince héritage. Magny devait chercher, pour l'œuvre poſthume de ſon bienfaiteur, le patronage d'un ſeigneur influent, & obtenir que ce travail inachevé fût préſenté au Roi. Le jeune poète, exécuteur teſtamentaire d'un prélat qui ne lui léguait aucun bien, ne s'en acquitta pas moins pieuſement de ſa tâche, &, dans l'accompliſſement du devoir, il trouva la ſeule fortune qu'il pût ambitionner, l'appui d'un nouveau protecteur.

Auſſi bien, la mort d'Hugues Salel ne laiſſa point indifférents les poètes qui l'avaient connu. Ils s'aſſocièrent au deuil d'Olivier de Magny. Ronſard écrivit en l'honneur du défunt une pièce importante. Iodelle enferma dans un huitain le récit de la vie de Salel, & Tahureau conſacra un ſonnet à la mémoire de l'Homère français (1). D'autres condoléances vinrent ſe joindre aux premières. Pierre Paſchal, Jan de Pardeillan, Pierre de Mauléon, Eſtienne de Navières & François Charbonier complétèrent le Tombeau poétique de Salel, que Magny, par un raffinement d'hommage, accrut encore de deux pièces dues à des pleureuſes inattendues : Caſtianire, ſa maîtreſſe, & Corinne, celle d'Hugues Salel. Pour leur édification ſur une ſingularité funèbre dont il y a peu d'exemples, les lecteurs trouveront ici les vers de Caſtianire. Cette élégie de commande mérite une place

(1) Pour toutes ces pièces, Voir Ronsard, Ed. Blanchemain, T. 7, p. 267, Jodelle, Ed. Marty Laveaux, T. 2, p. 337; & Tahureau, T. 2, Paris, Jouauſt, 1870, p. 150.

dans les actes, sinon dans l'œuvre d'Olivier de Magny. Voici donc, avec le titre qui en fait comme un tableau pour les yeux, cette pièce, curieux témoignage de l'exagération du respect envers un mort :

LA CASTIANIRE D'OLIVIER DE MAGNY, SVR LE TOMBEAV DE SALEL :

Ie suis celle, passant, qui d'vn traict de mes yeux
Captiue de Magni tout le pis & le mieux,
Ie suis celle, passant, qui sur sa face essuye
De ses pleurs desolez la desastreuse pluye.
Ie t'annonce, passant, qu'en ce cercueil icy
Gist ce docte SALEL qui nâquit en Quercy,
Auquel les doctes Sœurs ont aquis vne vie
Qui le tems moissonneur & la Parque deffie :
Et que tant que le ciel tournoyera sur nous,
Tant que le fiel amer, & le miel sera doulx,
Et que ces ruysselletz gazoillans en leur source
Courront parmy ces prez de serpentiere course,
Et tant que dessus nous luyra le grand flambeau,
Tousiours ie demourray, passant, sur ce tombeau
Pour la face essuyer de celluy qui m'a faicte,
Par mille & mille vers durablement parfaicte,
Et tousiours annonçant qu'en ce cercueil icy
Gist ce docte Salel qui nâquit en Quercy.

L'élégie latine de la maîtresse de Salel est très courte. Elle offre peu d'intérêt. Néanmoins, elle a été reproduite, avec toutes les pièces mentionnées ici, dans la dernière réimpreſſion complète de la traduction d'Hugues Salel. (Paris, Claude Gauthier, 1570.)

Ainſi enguirlandée, l'œuvre de l'abbé de Saint-Chéron fut préſentée à Jean d'Avanſon, qui en accepta la dédicace. Enfin, ſuivant privilége du 25 juillet 1553, la publication de cet ouvrage fut autoriſée, & l'année ſuivante parurent en un mince volume in-8° de 72 ff. non numérotés, *Les vnzieme, & douzieme liures de l'Iliade d'Homere, traduictz de grec en françois par feu Hugues Salel, abbé de Saint-Cheron.*

Auec le commencement du treziefme, l'Vmbre dudict Salel, faicte par Oliuier de Maigny, & adreſſée à Monſieur d'Auanſon, Maiſtre des requeſtes ordinaire de la maiſon du Roy, & Preſident en ſon grand Conſeil, auec quelques vers mis ſur ſon tombeau par diuers poëtes de ce tems. Auec priuilege du Roy. A Paris, Pour Vincent Sertenas, Libraire, tenant ſa boutique au Palais, en la gallerie par ou on va à la Chancellerie. 1554.

Ce ne fut pas toutefois ſans peine que Magny obtint le patronage de Jean d'Avanſon. Comme on pourra s'en convaincre par l'examen des Pièces placées en tête du volume décrit plus haut, François Charbonier lui ſervit d'intermédiaire, & à la ſuite de la lettre de Magny, & de l'Vmbre de Salel à d'Avanſon, il inſéra une épître pour témoigner perſonnellement de ſon concours dans la circonſtance.

L'année même de la publication du livre dont il avait agréé l'hommage, d'Avanſon partit pour l'Italie en qualité d'ambaſſadeur auprès du Saint-Siège. Ronſard a conſacré le ſouvenir de ce voyage par un ſonnet où ſe mêlent l'enflure du poète & la préciſion de l'hiſtorien. Il n'eſt donc pas inutile d'en citer la meilleure partie.

Qu'on ne me vante plus d'Vlyſſe le voyage,
Qui ne vit en dix ans que Circe & Calipſon,
Le Cyclope & Scylla qui fut demi poiſſon,
Et des fiers Leſtrigons l'enſanglanté riuage.

Noſtre Vlyſſe françois en a veu dauantage
Seulement en trois ans : c'eſt ce grand d'Auanſon
Qui vit en moins de rien d'vne eſtrange façon
Toute Rome s'enfler & de guerre & d'orage.

Il vit deux papes morts, il vit Sienne remiſe
En ſon premier eſtat, puis perdre ſa franchiſe.
Il vit l'Europe en branle...

L'Odyſſée d'Avanſon eſt très-exactement réſumée en ces quelques vers. En y joignant de brèves conſidérations ſur notre diplomatie de delà les monts à cette époque ; en invoquant, en outre, le témoignage d'Olivier de Magny, on comprendra mieux l'importance des événements auxquels le poète des Souſpirs fut mêlé, & les alluſions qui ſe trouvent en quelques endroits de ſon livre.

Tandis que la guerre avec les Impériaux enſanglantait le nord & le midi de la France, une lutte purement diplomatique, mais non moins vive, agitait les repréſentants des deux puiſſances auprès du Pape. Rome était le champ d'une bataille acharnée entre deux influences rivales. Pour multiplier les relations avec l'autorité pontificale, Henri II avait ordonné que les cardinaux français ſeraient tenus de réſider à Rome. Des ambaſſadeurs laïques étaient chargés, d'autre part, de miſſions ſpéciales. En réalité, leur préſence avait un double but : diminuer la défiance du Pape à l'égard des prélats français, & maintenir entre ceux-ci une harmonie qui paraît avoir ſouvent offert de graves difficultés.

D'Avanſon fut donc envoyé en Italie vers la fin de l'année 1553. Les Lettres & mémoires d'État de Ribier, pas plus que les correſpondances politiques conſervées au département des manuſcrits de la Bibliothèque nationale, ne fourniſſent des informations préciſes ſur l'époque de ſon arrivée à Rome, quoique le jour de ſon départ ſoit nettement indiqué dans une lettre d'Odet de Selve & de Lanſac, à la date du dernier d'octobre 1556 (F. Fr. 20442). Il eſt certain, toutefois, qu'il fut témoin de la mort de Jules III, au ſujet de laquelle il écrivit que le peuple avait pleuré comme il avait coutume de faire à carême prenant. Il était alors en communauté d'action politique avec les cardinaux du Bellay, d'Armagnac & de Lorraine.

Suivant le témoignage formel d'Olivier de Magny, d'Avanſon, inſtrument des Guiſe, avait négocié avec le Pape le traité ſecret du 16 décembre 1555, qui aſſurait à l'un des fils du roi Henri II, l'inveſtiture du royaume de Naples. Pour comprendre l'importance tout à fait privée de cette négociation, il faut ſe rappeler que les princes de Lorraine, qui fourniſſaient alors de Maires du Palais la Cour de France, cherchaient à accréditer auprès du Pape un cardinal de leur maiſon, à portée de la tiare. Entre temps, ils eſſayaient de reſſaiſir les Deux-Siciles au nom de Henri II ; mais cet agrandiſſement de la puiſſance royale n'était, au fond, qu'une manœuvre deſtinée à remettre les Guiſe en poſſeſſion de l'héritage qu'ils revendiquaient à titre de deſcendants par alliance des ducs d'Anjou. La trêve de Vaucelles, conclue le 5 févier 1566, vint renverſer tous ces projets, &, comme dit Olivier de Magny, allonger le nez à tous les négociateurs du traité ſecret. On ſait que le Pape, intéreſſé au maintien de ſtipulations qui lui valaient l'argent & l'appui de la France, envoya au roi, ſon neveu le cardinal Caraffa, *ce grand Charles*, que Magny a loué quand il en attendait du bien, & qu'il a tourné en dériſion lorſque ſes eſpérances ont été trompées (SS. 39 & 118).

Quoiqu'il y ait dans les Souſpirs, un certain nombre d'alluſions à des incidents politiques, il s'y trouve plus encore de ſouvenirs perſonnels & de réminiſcences amoureuſes de l'auteur. Le 87ᵉ ſonnet concerne le mariage de Jehan Flehard & de Louiſe d'Avanſon, dont Magny compoſa l'épithalame (Voir *Odes*, livre II, p. 65). D'autres rappellent des événements antérieurs au voyage de Magny en Italie. Le 38ᵉ ayant trait à l'achèvement du Louvre, doit remonter à une date plus reculée. Le 32e enfin, commençant ainſi :

Où print l'enfant Amour le fin or qui dora
En mille creſpillons ta teſte blondiſſante,

eſt réimprimé dans les Souſpirs pour la ſeconde fois. Il a paru tout d'abord dans l'édition originale des œuvres de Louiſe Labé, parmi les Ecriz de diuers poètes à la louenge de Louize. Lyon, Jan de Tournes, 1555 (1). Il ſe trouve, p. 137, entre une pièce où Magny eſt cité & l'ode

O ma belle rebelle...

qui, par ſon allure, ſemble de la main du poète ; mais, de ces trois pièces, le ſonnet cité plus haut offre ſeul une inconteſtable authenticité.

De plus amples recherches dans l'œuvre de la muſe lyonnaiſe, ont amené la découverte de particularités qui peuvent être conſidérées comme de ſérieux indices des amours de Louiſe Labé & d'Olivier de Magny. Comme ces obſervations complètent celles qui ont été faites ſur le même ſujet par M. Turquety, & qu'il s'agit ici avant tout de diminuer l'obſcurité dans laquelle s'eſt paſſée l'exiſtence d'Olivier de Magny, nous allons ſoumettre au lecteur le réſultat de nos inveſtigations.

(1) Le privilége du Roi eſt du 13 mars 1554, & l'achevé d'imprimer du 12 août 1555.

L'élégie II, adreſſée à un voyageur en Italie, ne concernerait-elle pas Olivier de Magny? Les vers

Ores ie croy, vu notre amour paſſée,
Qu'impoſſible eſt, que tu m'aies laiſſée :
Et de nouuel ta foy ie me fiance,
Et plus qu'humaine eſtime ta conſtance,

ne ſont-ils pas pour Magny, comme un rappel du ſerment prononcé par lui avant ſon départ :

Et vif & mort en toi tant ſeulement
Viura mon cœur, ma puiſſance & ma foy.

Quelques ſonnets de Louiſe Labé donnent encore plus préciſément la réplique à certains paſſages des Souſpirs.

Quand la Belle Cordière dit :
Ie ne ſouhaitte encore point mourir
Mais quand mes yeux ie ſentirai tarir,
Ma voix caſſée & ma main impuiſſante,
Et mon eſprit en ce mortel ſeiour
Ne pouuant plus montrer ſigne d'amante,
Prirey la mort noircir mon plus clair iour.

N'y a-t-il point dans ce vœu un écho de celui de Magny ?

Ie ne veulx point attendre à deſcendre là-bas
Quand vieillard radoté ie n'auray dent en bouche,
Ainçois veux qu'au cercueil auſſi toſt on me couche
Que ie n'auray plus force aux amoureux combats.

Un dernier rapprochement montrera, à l'égal des obſervations précédentes, quelle vraiſemblance, ſinon quelle réalité préſente l'hiſtoire des amours d'Olivier de Magny & de Louiſe Labé. Le 175e ſonnet des Souſpirs ſe termine ainſi :

I'auoy tant pourſuiuy qu'on m'auoit acordé
Le bon tour que i'auoy longuement demandé ;
Mais quand ce vint au point que ie le pouuoy prendre,
Ie deuins impotent & ne ſceuz faire rien.

On lit, d'autre part, dans Louiſe Labé, S. 16 :

Vn tems t'ay vu & conſolé plaintif
Et defiant de mon feu peu hatif :
Mais maintenant que tu m'as embraſée
Et ſuis au point auquel tu me voulois :
Tu as ta flame en quelque eau arroſée
Et es plus froid qu'eſtre ie ne ſoulois.

Indépendamment de leur intérêt particulier, ces divers extraits ont une autre importance. Ils établiſſent l'antériorité des *Souſpirs* de Magny ſur les *Regrets* de du Bellay. Ce dernier recueil ne fut d'ailleurs imprimé qu'en 1558; mais les Souſpirs & les Regrets étant l'œuvre de deux amis, en voyage, dans le même pays, à la même époque, on s'accoutuma à attribuer toutes les priorités au poète qui avait la plus précieuſe, celle du talent.

Une autre particularité devait, à ſon tour, être invoquée dans ce ſens. Les *Regrets* ſont dédiés à Jean d'Avanſon, & les *Souſpirs* portent le nom de M. de Beauregard, Jean du Thiers, ſecrétaire d'Etat & des Finances. On s'eſt empreſſé d'en conclure que l'ouvrage de du Bellay avait été terminé avant celui de Magny, qui n'eût laiſſé à perſonne le ſoin d'un hommage à ſon protecteur. La vérité, comme on le verra plus loin, eſt que Magny, très-familier avec du Thiers, ſe montra toujours fort reſpectueux vis-à-vis d'Avanſon. Or, la dédicace des Souſpirs, confidences intimes s'il en fut, ne pouvait être offerte à un ambaſſadeur, dont elle eût mis la gravité en ſuſpicion.

Les perſonnages qui ont, dans les Souſpirs & dans les Regrets, une place commune, & que l'on peut, pour cette raiſon, regarder comme liés d'amitié avec Magny & du Bellay, ſont Ronſard, Paſcal, du Thiers, Lancelot de Carle, Jean de Pardeillan, Morel d'Embrun, Deniſot, Gohorry, Leſtrange, Dilliers, de Gordes, Bizet, Boucher, &, enfin d'Avanſon, qui, dans les deux ouvrages, eſt l'objet d'égards particuliers. Quoiqu'en beaucoup d'endroits ſon nom ſoit accolé à celui de du Thiers, dans un ſentiment d'hommage pour ces Mécénes dont tous les poètes marquants du XVIe ſiècle ont recherché & vanté l'appui, ce rapprochement ne prouve rien au-delà. D'Avanſon fut un protecteur qui ne devenait point l'intime de ſes protégés, & l'on chercherait vainement, dans les pièces qui lui ſont dédiées, des vers ſemblables à ceux que du Bellay adreſſait à du Thiers pour l'exciter à favoriſer Olivier de Magny.

Du Bellay, ce poète plein de mefure & de goût, écrivait à du Thiers avec une liberté qu'excufe fon amitié pour Magny :

... Toy donc à qui la France a defia retenu
L'vn de fes plus beaux lieux comme feul auiourdhuy
Où les arts ont fondé leur principal appuy,
Quand au lieu qui t'attend tu feras paruenu,

Fay que de ta grandeur ton Magny fe reffente,
Afin que fi Bertrand de fon Salel fe vante,
Tu te puiffes auffi de ton Magny vanter.

Tous deux font Quercinois, tous deux bas de ftature:
Et ne feroient pas moins femblables d'efcriture,
Si Salel avoit fceu plus doulcement chanter.

Ce fragment de fonnet nous donne le fecret de la fortune poétique de Salel ; il nous montre dans le confeiller du Roi, Bertrand, le protecteur de l'abbé de Saint-Chéron. Il nous révèle auffi, dans Olivier de Magny, un poète non moins appuyé, mais d'un mérite nettement reconnu : il favait doucement écrire.

Nous touchons ici à un point caractériftique de l'hiftoire des Soufpirs & des Regrets. Magny a parfemé fon livre d'indifcrétions graves, de railleries audacieufes. Il raconte fes amours auffi cruement que Villon, dont il eft un petit-fils. Il paffe en revue, fans la moindre pitié, tous ceux des gentilshommes, fes amis, qu'ont défigurés d'inavouables maladies. Il fe rit du cardinal Simia & de ſon portrait, & il indique au peintre en quelle poſture il eût dû repréſenter ſon modèle. Il reproche à un autre prélat, ſon ignorance, & il l'accuſe de protéger les officieux qui ſervent à ſes plaiſirs.

Une inſpiration plus ſage a dicté les Regrets. Du Bellay a écarté de ce livre le récit de ſes amours avec Fauſtine, il en a retranché les ſonnets ſatiriques publiés depuis, en mars 1849 dans l'*Amateur de livres*, par M. de Montaiglon. Dans ce grand nombre de ſonnets, il n'a tenté qu'une épigramme ſur un favori :

Que Caraffe aymoit plus que ſes yeux,
... Qui paſſoit en beauté de viſage
Le beau Couppier des Grecs, qui verſe à boire aux Dieux.

Il ſemblait donc qu'avec autant de diſcrétion, du Bellay ne devait ſoulever aucune indignation. L'alluſion ne paſſa point inaperçue; mais comme, plus tranſparente encore, elle n'eût pas conſtitué un grief ſuffiſant pour inquiéter le coupable, une autre raiſon de pourſuite dut donc être cherchée dans l'œuvre du poète, & ce fut le culte des fictions mythologiques qui la fournit. Du Bellay fut accuſé d'impiété. Il ſe défendit de ce reproche avec une vigueur qui prouve quel ſérieux danger pouvait alors provoquer une impoſture favorablement accueillie. Il gagna péniblement ſon procès, dont toutes les pièces ſont dans les derniers ſonnets des Regrets, & dans la lettre adreſſée au cardinal du Bellay, ſous la date du dernier jour de juillet 1559.

Le contrafte de cette rigueur envers du Bellay, avec la tolérance dont a bénéficié Olivier de Magny, nous paraît le réfultat d'intrigues politiques où l'on pourrait trouver la main d'un prélat heureux de fufciter des embarras au cardinal du Bellay, fincérement attaché à la France, & l'ennemi des ambitieux fans patrie.

Quoi qu'il foit d'une hypothefe qu'il ne convient pas de développer ici, les Soufpirs, objet exclusif de cette Notice, conftituent un livre éminemment curieux. L'auteur porté par nature à une exceffive liberté, n'a fubi aucune contrainte. Il s'eft abandonné à tous les caprices de fon infpiration, fans gâter fon œuvre, qui n'offre pas moins de beautés que de bizarreries.

E. COURBET.

LES SOVSPIRS, D'OLIVIER DE MAGNY.

A PARIS,

Pour Vincent Sertenas, tenant ſa boutique au Palais, en la gallerie par ou lon va à la Chancellerie, & en la rue Neufue Noſtredame, à l'enſeigne ſainct Iean l'Euangeliſte.

1557.

AVEC PRIVILEGE DV ROY.

A MONSIEVR DE BEAVREGARD,

CONSEILLER DV ROY

ET SECRETAIRE DE SES FINANCES,

SONET.

Si tu n'aymois Duthier, la Muſe ardantement,
Et ſi la Muſe encor' ne t'aymoit dauantage,
Tu n'aurois à mes vers fait tant de bon viſage,
Ny ie ne t'en donrois ore tant hardiment.

Le ſçauoir eſt nourry de l'honneur ſeulement,
Et s'vn œuure eſt chery par vn grand perſonnage,
Phœbus ayme l'autheur, & polit ſon ouuraige,
Et fait ſon nom & luy viure immortellement.

Vn plus riche que moi plus grand don te peult faire,
Mais vn plus grand ne peult dauantage te plaire,
Aymant comme tu fais des Muſes les esbats.

Reçoi donc ce preſent qu'humblement ie te donne
A l'exemple des dieux qui ne dedaignent pas
De prendre vn petit don d'vne baſſe perſonne.

A OLIVIER DE MAGNY,

SONET.

C'est or vraiment, Magny, vraiment Magny, c'est ore
Qu'on me doit pardonner si ie dy que tu soys
A l'adueu d'Apollon, entre tous ces François
Vn des plus fauorys des vierges que i'adore.

La France le sçait bien, & le sçauent encore
Noz Princes valeureux, que lon voit à la fois
Tous priser & vanter les accords de tes doys,
Graces dont Iuppiter bien peu de gens honnore.

» Vse ainsi donc, Magny, de l'heur que nous sentons,
Et n'attens d'estre dieu, car quoy que nous chantons,
Nostre immortalité ne nous sauue la vie :

Et pource auroi-ie à cher, puisqu'il nous fault perir
De voir en quelque preis ma Muse auant mourir,
» Car l'honneur vient trop tard qui vient sans nulle enuie.

IEAN DE PARDEILLAN.

LES SOVSPIRS.

SONET I.

QVEL feu diuin s'alume en ma poitrine
Quelle fureur me vient ore irriter?
Et mes eſprits ſainctement agiter
Par les rayons d'vne flamme diuine?

Ce petit Dieu de qui la force inſigne
Sur les grans dieux ſe peut exerciter,
Viendroit-il bien dans mon ame exciter
Cette chaleur d'immortalité digne?

C'eſt luy c'eſt luy qui ſouffle ceſte ardeur,
Car ia deſia ie fleure ſa grandeur
Me bienheurant d'vne nouuelle vie.

Sus donc, ſus donc prophanes hors d'icy,
Voicy le dieu, ie le ſens, le voicy,
Qui de fureur m'a ia l'ame rauye.

SONET II.

Tandis que ie me plains, à l'ombre de ces bois,
De celle qui detient ma franchiſe egarée,
I'entens le Roſſignol ſe plaignant de Terée,
Qui ſon ramage accorde aux accens de ma voix.

Tous deux diuerſement nous plaignons toutesfois :
Luy, de vengence ayant toute l'ame alterée,
Moy, au contraire ayant la mienne enamourée
D'vne pour qui cent morts en viuant ie reçois.

Bien eſt vrai qu'en trois mois ſa complainte s'acheue,
Mais la mienne iamais ne prend ne fin ne treſue,
Ainçois dure tout l'an conſtante en mes trauaulx :

Puis donc que mon tourment à nul autre s'egalle,
Finiſſe-ie mes iours, pour finir tant de maulx,
Chantant iuſqu'à la mort comme fait la cigalle.

SONET III.

Vous qui tous engourdiz en l'hyuer froidureux
Cherchés quelque beau feu pour voz forces reprendre,
Venez tous deuers moi, deuers moi Salamandre,
Qui bruſle nuict & iour d'vn feu trop rigoureux.

Vous auſſi qui fuyés le ſoleil chaleureux,
Et qui voulés au frais pres d'vn fleuue vous rendre,

Venés ſous cet ombrage, où vous verrés s'eſpandre
Vn grand fleuue de pleurs de mes yeux langoureux.

Le feu ne s'eſteint point pour les pleurs que ie gette,
Ny la ſource des pleurs à tarir n'eſt ſubgette,
Tant ſoit grande l'ardeur qui bruſle dedans moi.

L'vn ſe tient dans mon chef, & l'autre dans mon ame,
L'vn noye mon eſpoir, l'autre enflamme ma foi :
En tel eſtat ie viz pour vne belle dame.

SONET IIII.

Ie n'eſtois pas aſſez en France tourmenté,
Sans qu'il falluſt encor' venir en Italye
Sentir le traict poignant de l'enfant d'Idalye,
Et m'aſſeruir encor' à quelque autre beaulté.

Ie n'auois pas l'amour en France aſſés chanté,
Sans qu'il faluſt mener à Rome ma Thalye,
Et chanter de rechef l'amoureuſe folye,
Pour adoucir encor' vne autre cruaulté.

Hé dieu c'eſt fait de moi, ie n'ai plus d'eſperance,
Et plus ie vois auant & plus croiſt ma ſouffrance,
Si qu'il ſemble qu'Amour ne cherche que ma fin.

Nous auons beau fuyr de noz maulx l'origine :
Plus nous fuyons cela que le ciel nous deſtine »
Et plus deſſus le chef nous auons le deſtin. »

SONET V.

Sur le bord d'vn beau ſleuue Amour auoit tendu
Vn filé d'or tiſſu d'vn excellent ouuraige,
Et là tout ſeul aſſis il ſembloit qu'au paſſage
Il euſt quelque gibier longuement attendu.

I'eſtoy franc & diſpoſts, mais trop mal entendu
Et mon cœur s'égayoit, mal cault par le riuage,
Quand ie le ſenti prendre & reduyre en ſeruage,
Et tout ſoubdain Amour l'en mener éperdu.

Cette belle clarté qui le ſoleil efface
Reluyſoit à l'entour, & la main qui ſurpaſſe
L'yuoire de blancheur, tenoit ce reth ainſi.

Ainſi donc ie fus pris, & remply d'eſperance
De plaiſir, de bon heur, & de perſeuerance,
En ſi belle priſon ie demande mercy.

SONET VI.

L'ESTRANGE, toi qui ſçais comme on plait chés le Roy,
Et comme on y deſplaiſt, ly ces vers ie te prie,
Et ſi tu trouues rien ſubget à mocquerie,
Sans de moi t'eſtranger, Leſtrange dy le moi.

Dy le moi rondement, car ie me fie en toi,
Et vraiment à bon droit ie crois que ie m'y fie,

Car tu n'as poinct le front d'vn homme qui pallie
Et qui ſçait deguiſer ce qu'il a dedans ſoi.

Ie chante en ces Sonets vne Maiſtreſſe belle,
Ie chante les ennuys que i'endure pour elle,
Mon eſpoir & ma foy conſtante en mon tourment.

Ce ſont tous argumens fort communs à noſtre age
» *Mais cil qui les deſcrit comme il fault doucement*
» *Et qui ſçait plaire aux Rois n'a pas peu d'auantage.*

SONET VII.

GORDES, *que ferons nous? aurons nous point la paix?*
Aurons nous point la paix quelque fois ſur la terre?
Sus la terre aurons nous ſi longuement la guerre,
La guerre qui au peuple eſt vn ſi peſant faiz?

Ie ne vois que ſouldars que cheuaulx & harnois,
Ie n'ois que deuiſer d'entreprendre & conquerre,
Ie n'ois plus que clairons que tumulte & tonnerre,
Et rien que rage & ſang ie n'entens & ne vois.

Les Princes au iourd'huy ſe iouent de noz vies,
Et quand elles nous ſont apres les biens rauyes
Ils n'ont pouuoir ny ſoing de nous les retourner.

Malheureux ſommes nous de viure en vn tel age,
Qui nous laiſſons ainſi de maulx enuironner,
La coulpe vient d'autruy mais noſtre eſt le domage. »

SONET VIII.

Toufiours la pefte aux Grecs ne decoche Apollon,
Quelque fois il s'esbat à fonner de la lyre,
Quelque fois fur la mer bon vent a le nauire
Et toufiours ne court pas vn oraige felon.

Toufiours l'honneur des champs ne defpouille Aquilon,
Quelque fois vn printemps nous rameine Zephire,
Toufiours ne tonne pas aux montagnes d'Epire,
Et quelque fois le ciel eft fans nul tourbillon.

Les deux freres iumeaulx l'vn apres l'autre viuent,
Et les faifons de l'an par ordre s'entrefuyuent
Comme le clair iour fuyt la tenebreufe nuict :

Bref toute chofe au monde ou fe change ou fe paffe,
Si ce n'eft le malheur qu'vn Rouffeau ne pourchaffe,
Qui toufiours fans repos me tourmente & me fuyt.

SONET IX.

Bien feuft CARLE, *vraiment prodigue à ta naiffance*
Le fauorable afpect de ton aftre afcendant,
Tant & tant de trefors deffus toi refpendant
Par la fainte vertu de fa fainte influence.

Bien feuft vraiment encor' heureufe l'aliance
Qu'il feit de ton efprit de fçauoir abondant

Auecques les neuf Sœurs, qui ton bruit espendant
Arrestent dessus toi leur plus grande esperance.

Ore ton grand Dorat, leur S. prestre immortel
Ore mon grand Ronsard, dessus vn mesme autel
Consacrent ton renom au temple de Memoire.

Et moi CARLE, apres eulx & comme eulx agité
Adiouste par ces vers à ton eternité,
Mais toi mieulx que tous trois eternises ta gloire.

SONET X.

Le cauteleux espoir BELLAY, qui me conduyt
Cent contraires effets à mon penser apporte,
Il me brusle, il me gelle, ennuye & reconforte,
Il m'appelle, il me chasse, & me suyt, & me fuyt.

Il m'aueugle de iour & me fait voir de nuict,
Il m'aprend vne voye aspre facile & torte,
Il me sert de trompeuse & de fidelle scorte,
Et soit vert ou soit meur ne porte iamais fruict.

Dessous le doulx Nectar il me cache le fiel,
Puis soudain sous le fiel me descouure le miel,
Et sans oraige en mer me fait faire naufrage.

Vn seul point mon BELLAY, allege mon esmoi,
C'est que ce faulx espoir t'abuse comme moi,
Et comme à moi d'vn gaing te fait tirer domaige.

SONET XI.

O monde malheureux, o desir vain & fresle,
O terre, o ciel, o dieux auares à mon bien,
O vie qui ne peult dissouldre ce lyen
Bien que ie te cognoisse & petite & mortelle,

O miserable sort, o fortune cruelle,
Qui mes dolents ennuys n'estimas iamais rien,
O Parque sans pitié, o Nocher stygien
Que ne m'ameines tu l'infernale nasselle!

Puis qu'on ne veult ici mon tourment secourir,
Puisse-ie au moins bien tost miserable mourir,
Pour euiter le mal dont mon ame est attaincte:

Bien heureux soit le iour auquel la fiere mort
M'enuoira de son dard passer la bas le port,
Puis que par tant de mal du danger ie n'ay crainte.

SONET XII.

O Caduque penser, o trop fresle vouloir,
O mal saine raison, o poursuyte trop vaine,
Vous ne iouyrés plus du plaisir de la peine
Et du plaisant ennuy qui me faisoit douloir.

O desir que i'ai mis du tout à nonchaloir,
O fleche de venin & d'amour toute pleine,

O las qui me tenois en priſon inhumaine,
Voz efforts deſſus moi ne peuuent plus valoir.

O careſſes ſemblans & riz pleins de faintiſe,
O propos mains & cœur rempliz de couuoitiſe,
Vous ne retiendrez plus mon eſprit langoureux,

Et toi fureur d'amour dans mon ame alumée,
Ta vehemente ardeur s'en va toute en fumée,
Et plus franc que iamais ie reſte bien heureux.

SONET XIII.

Tu riz quand ie te dis que i'ay touſiours affaire,
Et penſes que ie n'ay qu'à traſſer des papiers,
Mais oy ie te ſupply par combien de ſentiers
Il me fault tracaſſer, puis penſe le contraire.

Mon principal eſtat c'eſt d'eſtre ſecretaire,
Mais on me fait ſeruir de mille autres meſtiers,
Dont celuy que ie fais le plus mal volontiers
Eſt cil qui me contraint d'endurer & me taire.

Auſſi ie ne ſers pas vn maiſtre ſeulement,
I'en ſers deux, voire trois, & fault qu'egalement
Pour leur plaire à treſtous, à chacun d'eux ie plaiſe.

Le plus riche d'entre eux m'eſt chiche de ſon bien,
Et tous enſemblement me liurent du malaiſe,
Et bref ſeruant en tout ie ne profite en rien.

SONET XIIII.

Le ciel luyt pour autant que le ſoleil y luyt,
Ma dame luyt ayant le ſoleil auec elle,
Le ſoleil eſt ſoleil pour ſa clarté ſi belle,
Seule eſt cette qui ſeule aux raiz du ſoleil nuyt.

Amour eſt vne ardeur qui les ames nous cuyt,
Cette eſt vne autre ardeur de force toute telle,
Il eſt maiſtre d'autant qu'il veinct le plus rebelle,
Maiſtreſſe eſt cette cy d'autant qu'el'le conduyt.

Le ciel nous donne vie, & le ſoleil lumiere,
Amour nous poingt les cœurs d'vne fleche guerriere,
Et doucement nous bruſle & nous rend tourmentés,

Ma dame ard & depart la lumiere & la vie,
Et nous poingt d'autant plus qu'elle a plus de beautés,
Que le ciel, le ſoleil, & l'enfant d'Idalye.

SONET XV.

I'ay veu plaignant le mal dont mon ame eſt ateinte
Les paſteurs s'egarer bien loing de leurs troupeaux,
Les brebis oublier d'allaicter leurs aigneaux,
Et cent oyſeaux venir accompagner ma plainte,

I'ay veu que par pitié de ma franchiſe eſtreinte
Et des maulx que ie ſens, les Nimphes des ruyſſeaux

S'arrestoient à mes plainćts, & m'offroient de leurs eaux
Pour en rendre ma peine & mon ardeur esteinte.

Mais toi cruelle toi qui m'entens plus souuent,
Toi dis-ie beaucoup plus legere que le vent
Et qu'vn orage en mer plus sourde à ma priere,

Mais toi, cruëlle toi de qui la cruaulté,
Bien que tu sois si belle excede la beaulté,
Plus tu m'oys lamenter & plus tu deuiens fiere.

SONET XVI.

Ie ne puis, & ne veulx ouyr parler personne,
S'il ne parle ou de toi ou de toi alentour,
Et soit en pleine nuićt ou bien soit en plein iour,
Ie n'ay point de clarté si ton œil ne m'en donne.

Amour en autre endroićt iamais ne m'esperonne,
Et mes piés ne vont point qu'au lieu de ton seiour,
Ma main sur le papier n'escrit rien que d'amour,
Ny mon luth ny ma voix que tes beautez ne sonne.

Tous mes pensers Maistresse, ont à toi leurs recours,
Tous mes souspirs ardans te demandent secours,
Et rien ie n'ay en moy qui de toi ne depende.

Pourroi-ie mieux monstrer quelle est mon amitié?
Pourrois-tu faire moins qu'auoir de moi pitié?
Ayes donques pitié de qui te la demande.

SONET XVII.

Vn cable tords ne peult ſi bien eſtreindre
Quelque grand faiz de maint enlaſſement,
Ny fer encor' ne peut ſi fermement
A quelque bois quelque bois faire ioindre :

Comme vne foy doibt eſtroictement ceindre
L'eſprit de cil qui la iure ardemment.
Soit en ſecret ou ſoit publiquement,
Preſt à mourir pluſtoſt que de l'enfreindre.

Touſiours ſa foi doit eſtre ſon appuy,
Touſiours ſa foy doibt maiſtriſer en luy,
Meſmes touſiours il doibt penſer en elle.

C'eſt cette-là que i'ai receu de toi,
C'eſt celle là que tu reçois de moi
Faiſons la donc mon LOVZIERE, *eternelle.*

SONET XVIII.

Si i'ai l'eſprit enflammé viuement
De la fureur de l'enfant de Latone,
Et ſi les vers MIRAMBEAV, *que ie ſonne*
Gaignent ceſt heur de viure longuement,

Par ſon laurier ie te iure ardamment,
Dont le vainqueur & le docte il couronne,

Que ie ferai maugré la mort felonne,
Ton nom & toi viure immortellement.

Car toi rempli du feu dont il m'alume,
N'as dedaigné les armes & la plume
De mesme main apprendre à manyer :

Et fauory de Mars & des Charites,
Mon MIRAMBEAV, deux lauriers tu merites
Pour estre docte, & pour estre guerrier.

SONET XIX.

Bien heureux soit le iour, & le mois, & l'année,
La saison & le tens, & l'heure, & le moment,
Le pays & l'endroict où bien heureusement
Ma franche liberté me feust emprisonnée.

Bien heureux l'astre au ciel d'où vient ma destinée,
Et bien heureux l'ennuy que i'euz premierement,
Bien heureux aussi l'arc, le traict & le tourment
Et la playe que i'ay dans le cœur assenée.

Bien heureux soient les criz que i'ay gettés au vent,
Le nom de ma maistresse appelant si souuent,
Et bien heureux mes pleurs, mes soupirs, & mon zelle,

Bien heureux le papier que i'emplis de son loz,
Bien heureux mon esprit qui n'a point de repos
Et mon penser aussi qui n'est d'autre que d'elle.

SONET XX.

Le ſoigneux laboureur auec le temps ameine
Deſſous le ioug peſant le plus braue taureau,
Et le faulcon niais au vol de maint oiſeau
Auec le tens encore on façonne en la pleine.

On range auec le temps le lyon à la cheine,
Et l'appriuoiſe lon comme vn petit aigneau,
Voire auecques le tens par les gouttes de l'eau
Se cauent les rochers qu'on tailleroit à peine.

Auec le meſme tens le vieil cheſne ſe rompt,
Et voit on le ſommet du plus ſuperbe mont
S'abaiſſer à l'egal de la pleine campaigne :

Mais ie ne puis Maiſtreſſe amollir la durté
De ton cœur rigoureux, qui paſſe d'aſpreté
Taureau, faulcon, lyon, rocher, arbre & montagne.

SONET XXI.

La Tine a beaux cheueux, beau front & belle face,
La Tine parle bien & chante doucement,
La Tine eſt toute belle en ſon acouſtrement,
Et s'el' s'abille d'homme, elle a fort bonne grace.

La Tine dans le bal dextrement ſe compaſſe,
La Tine baiſe bien & rit mignardement,

Bref elle plaiſt à tous fors qu'à moi ſeulement,
Car elle a ne ſçai quoi qui loing d'elle me chaſſe.

Ie ne ſçaurois ſonger ce qu'auoir elle peult,
Qui fait que ie la fuys, mais tant plus elle veult
Me plaire, el' me deſplaiſt, & plus ie m'en recule.

Bref, ſans tant s'amuſer il fault venir au point,
La Tine a ne ſçai quoy qui ne me reuient point,
Et c'eſt pour quoi mon cœur en ſon amour ne bruſle.

SONET XXII

Ores, que le matin eſt ſi doux en ces mois,
Ie me leue auſſi toſt que la vermeille Aurore,
Et taſchant d'apaiſer l'ennuy qui me deuore,
Ie m'en vois eſcouter des oiſelets la voix.

Et ſi le roſſignol i'oy plaindre quelque fois,
I'entens auſſi ſoubdain Progne qui s'adolore,
L'vn d'eulx conſoler l'autre, & ſe reſpondre encore,
Et viure ainſi contens au dedans de ces bois.

Las! helas ie me plains, ie crie, ie lamente
Et demande ſecours au mal qui me tourmente,
Mais ie ne trouue aucun qui me reſponde mot.

Moy ſeul emmy ces bois fais ma complainte extreme,
Et moy tout ſeul helas! me reſpons à moy meſme,
N'ayant autre confort que de mourir bien toſt.

SONET XXIII.

Voy que c'eſt qu'amour, LE CREC, ie te ſupplie,
Et comme par fois cil qui fait moins cas d'aymer,
Se void d'autant plus fort quelque fois animer,
Et d'autant plus ſoi meſme en amour il s'oublie :

Naguieres ie t'oyois blaſmer cette folie,
Et n'aguieres encor' tu m'oyois la blaſmer,
Mais tous deux en vn tens ie nous ſens enflammer,
Et tous deux en vn coup eſclaues on nous lye.

C'eſt grand choſe qu'amour ! il bruſle les oiſeaux,
Il enflamme les vents, les ſerpens, & les eaux,
Et le cueur immortel & des Dieux & des hommes :

Si donc il dompte tout, ne le deſpitons point,
Mais chantons la douceur de ſon trait qui nous poingt,
Tandis qu'il nous eſt doux, & que ieunes nous ſommes.

SONET XXIIII.

Le Soleil qui m'eſclaire & de iour & de nuict,
Fait mon eſtat, Clytie, au tien peu diſſemblable :
Admirable eſt le tien & le mien admirable,
Et quand ce vient au ſoir l'vn & l'autre nous fuyt :

L'vn & l'autre des deux le cler iour nous conduyt,
Et face chault & froit il nous eſt agreable,

Il chaſſe de ſes raiz la nuict eſpouentable,
Et où que ſoit qu'il luyſe, vn printemps nous produit.

Chacun d'eux ſçait ſonner dextrement de la lyre,
Chacun des deux encor ſçait l'auenir predire,
Et chacun porte vn arc qui bleſſe hommes & dieux :

Ils different d'vn point qu'heureuſe tu n'eſſayes,
Que l'vn a l'arc en main & l'autre dans ſes yeux,
Et que le tien guerit & le mien faict les playes.

SONET XXV.

Quand le deſir me poinct de reuoir celle
Qui de ſes yeux m'a peu le cœur rauir,
Et me contreindre à l'aimer & ſeruir,
Sentant d'amour la plus viue eſtincelle,

Et quand ie voi la face de la belle
En vn moment ternir, rougir, pallir,
Incontinent ie me ſens aſſaillir
D'vn nouueau mal, d'vne douleur nouuelle.

Helas Amour ! que doibt-on eſperer,
Si lon ne void celle perſeuerer
En qui Vertu repoſe & courtoiſie ?

Amour reſpond : la gente creature
» *Souffre pour toi, mais moi de ma nature*
» *Tiens mes ſubgets en crainte & ialouſie.*

SONET XXVI.

Tous mes vers desormais desplairoient à bon droict,
Et desormais la Muse à me suyure retiue,
Et l'ardeur d'Apollon en moi seroit oisiue,
Si i'estois mon DVTHIER, ingrat en ton endroit.

Le soleil de son œil toute chose apperçoit,
Mais il n'en vid ça bas iamais de si chetiue,
Ny qu'il deteste plus en l'homme tant qu'il viue,
Que le vice d'ingrat des biensfaicts qu'on reçoit.

» *Malheureux est celuy qui les biensfaicts sçait prendre,*
» *Comme ie fais de toi, quand il ne les sçait rendre*
» *Si ce n'est par effect, au moins de volonté.*

I'ay disette de biens, & de vers abondance,
Et c'est pourquoi des vers, ie t'offre en recompence,
Les vers mieux que les biens guerdonnans ta bonté.

SONET XXVII.

Si ie vous ayme trop, ie m'en rapporte, Dame,
Au Soleil qui pallit quand il m'entend douloir :
Si ie vous ayme trop, ma lyre le fait voir,
Qui ne chante iamais que l'ennuy de mon ame.

Si ie vous ayme trop, l'archerot qui m'entame
Le sçait, qui me faict viure & de crainte & d'espoir,

La terre, & l'air aussi ne sont à le sçauoir,
Que de mes pleurs ie baigne & remplis de ma flame.

Si ie vous ayme trop, toutes ces pleines cy,
Ces forests & ces prez le sçauent bien aussi,
Qui se seichent de dueil quand mon mal ie deplore.

Bref mon amour est sceu iusque'aux bestes des eaux,
Iusqu'aux bestes des bois & iusques aux oiseaux :
Mais vous cruëlle, helas ! ne le croiés encore.

SONET XXVIII.

Pour monstrer ce que peult la Nature feconde
Pour vn homme embellir, BRINON iadis nasquit,
Et parfait en beauté, sur la terre il vesquit,
Riche de tous les biens dequoi le ciel abonde.

Pour faire voir encor' que peu de tens au monde
Dure vne grand beaulté, la Parque le conquit,
Mais en le conquestant son renom en vainquit,
Car il vole immortel sur la terre & sur l'onde.

Les Muses qui son bruict veulent rendre plus beau,
Mille sortes de fleurs sement sur son tombeau,
Et vif hors du tombeau le desenseuelissent.

Heureux donques BRINON, qui viuant eut le mieulx
De ce qu'on peult auoir de Nature & des cieulx,
Puis que luy mort, de mort les Muses l'affranchissent.

SONET XXIX.

Ie l'ayme bien, pour ce qu'elle a les yeux
Et les ſourcils de couleur toute noire,
Le teint de roſe, & l'eſtomac d'yuoire,
L'aleine douce, & le riz gracieux.

Ie l'ayme bien, pour ſon front ſpacieux,
Où l'amour tient le ſiege de ſa gloire,
Pour ſa faconde & ſa riche memoire,
Et ſon eſprit plus qu'autre induſtrieux.

Ie l'ayme bien, pource qu'elle eſt humaine,
Pource qu'elle eſt de ſçauoir toute pleine,
Et que ſon cœur d'auarice n'eſt poingt,

Mais qui me fait l'aymer d'vne amour telle,
C'eſt pour autant qu'el' me tient bien en point
Et que ie dors quand ie veux auec elle:

SONET XXX.

Celuy qui ſur la mer trop longuement tracaſſe,
Souuent fait ſon tombeau des ondes de la mer,
Et cil qui de cuiraſſe ayme trop à s'armer,
Le plus ſouuent reçoit la mort ſous la cuiraſſe :

Ainſi tant aſprement vn amour ie pourchaſſe,
Et tant d'aſpres ennuys ie ſouffre pour aymer,

Que mourant ie ne n'en puys que moy mesme blasmer,
Tant va le pot à l'eau, qu'à la fin il se casse. »

I'ay veu que ie rioy des pauures amoureux,
Et dedaignoy le traict qui me fait langoureux,
Pensant sot que i'estoi qu'il n'eust sur moy puissance :

Mais ce Tyran Amour m'a tellement reduyt,
Que ie n'ai nul repos ny de iour ny de nuict
Et ne puys à la mort plus faire resistance.

SONET XXXI.

S'il ne te desplait point, FVMEE, ie te prie
Enseigne moy que c'est que l'amour qui me poingt :
Car chetif que ie suis ie ne le cognoi point,
Bien qu'il exerce en moi toute sa seigneurie :

Dy moi s'il est issu du sang d'vne furie,
Ou si Mars & Venus le feirent en tel poinct,
Pour nous remplir ainsi (Venus me le pardoint)
Non d'amour seulement mais de forcenerie.

Dy moi d'où vient cela que ie ne puis sçauoir
En aymant ce que i'ayme, & que ie veux auoir,
Et où vont noz esprits quand l'amour les transporte.

Dy moy comme si droit il vise dans noz cueurs,
Et si tu sçais comment on sort de ces langueurs,
Enseigne moi pour dieu comme il fault que i'en sorte.

2

SONET XXXII.

Où print l'enfant Amour le fin or qui dora
En mille crespillons ta teste blondissante?
En quel iardin prit-il la rose rougissante,
Qui le liz argenté de ton teinct colora?

La douce grauité, qui ton front honora,
Les deux rubiz balais de ta bouche allechante,
Et les raiz de cet œil qui doucement m'enchante,
En quel lieu les prit-il quand il t'en decora?

Où prit Amour encor ces filets & ces lesses,
Ces haims & ces apasts que sans fin tu me dresses,
Soit parlant ou ryant, ou guignant de tes yeux?

Prit-il d'Herme, de Cypre & du lict de l'Aurore,
Des rayons du soleil & des Graces encore,
Ces atraits & ces dons, pour prendre hommes & dieux?

SONET XXXIII.

Amour, tu sçais tresbien, que constant en ma foy,
I'ay sous tes loix passé le printens de ma vie,
Et que i'ay de bon cœur ton enseigne suyuie,
Comme mon gouuerneur, mon seigneur, & mon Roy.

Maintenant qu'en l'esté de mes ans ie me voy,
Tu m'as plus que iamais la franchise asseruie,

Et ſemble Amour, helas! que tu prennes enuie
De rengreger mon mal, pour voir la fin de moi.

Hé, que t'ay-ie fait, las! hé quoy, que veulx tu dire?
Des maulx que i'ay ſoufferts ne te peult il ſuffire,
Sans d'age en age ainſi me ſuiure & m'agrauer.

Voicy ia mon Autonne, Amour, qui me vient prendre,
Mais ie te parle en vain, tu ne me veux entendre,
Dieu vueille au moins que franc ie ſois en mon hyuer.

SONET XXXIIII.

Bien heureux eſt celuy, qui loing de la cité
Vit librement aux champs dans ſon propre heritage,
Et qui conduyt en paix le train de ſon meſnage,
Sans rechercher plus loing autre felicité.

Il ne ſçait que veult dire auoir neceſſité,
Et n'a point d'autre ſoing que de ſon labourage,
Et ſi ſa maiſon n'eſt pleine de grand ouurage,
Auſſi n'eſt il greué de grand' aduerſité.

Ores il ante vn arbre, & ores il marye
Les vignes aux ormeaux, & ore en la praîrie
Il deſbonde vn ruiſſeau pour l'herbe en arouzer:

Puis au ſoir il retourne, & ſouppe à la chandelle
Auecques ſes enfans & ſa femme fidelle,
Puis ſe chauffe ou deuiſe & s'en va repoſer.

SONET XXXV.

Ce beau poil eſt le reth auquel ie fu ſurpris,
Ce regard attrayant eſt le traict qui m'entame,
Ce beau ſourcil eſt l'arc, & l'œil brun de Madame
Eſt cil qui m'a feru, non l'enfant de Cypris.

Dans ſi belle priſon ie nourriz mes eſprits,
Ie nourriz la bleſſeure au profond de mon ame,
Et captif, & nauré, ie n'adore ou reclame,
Que l'œil qui m'a bleſſé, & le poil qui m'a pris.

L'or de ces beaux cheueux cil des Indes ſurmonte,
Les raiz de ce bel œil font obſcurcir de honte
Les rayons du ſoleil quand plus cler il reluyt.

Heureux donc qui captif dans ce beau poil demeure,
Feru de l'œil qui peut faire vn iour d'vne nuict,
Mais plus heureux encor s'il conuient qu'il y meure.

SONET XXXVI.

L'hyuer s'en va, GIRARD, & Zephyre rameine,
Le chef couuert de fleurs le plaiſant renouueau,
Deſia plus libre aux champs gazouille le ruyſſeau,
Et deſia par les bois i'oy Progne & Philomene.

Le pré ſe reuerdit, le ciel ſe raſſereine,
Le ſoleil luyt ſur nous d'vn plus tiede flambeau,

Les herbes & les fleurs, la terre, l'air, & l'eau,
Et toute beste aux champs d'amour est toute pleine.

Mais pour moi, las, helas! ne reuient que douleur,
Que tristesse & tourment, qu'angoisse & que malheur,
Et pis encor, GIRARD, si pis il se peut dire :

Et ces champs, ces oiseaux, ces fleurs, & ces Zephyrs,
A qui sur ce printens toute chose on void rire,
Renouuellent en moy mes antiques souspirs.

SONET XXXVII.

Escoute, REVERGAT, ie te veulx faire entendre
Pendant ma longue absence, en quell' sorte ie vy,
L'amour tient mon esprit plus que iamais rauy,
Et si moins que iamais ie puis l'amour aprendre.

Ie voy bien que de luy ie ne me puis defendre,
Et qu'vn bel œil me tient doucement asseruy,
Qui du bien, qui du mal me faisent à l'enuy,
Mais ie ne puis d'amour autre chose comprendre.

Icy ie vis Madame, icy ie fu feru,
Là ie fu d'vn regard par elle secouru,
Icy ie la vy douce, & là, de rigueur pleine :

Icy cueillir des fleurs, là, ie la vey danser :
Et voilà, REVERGAT, de quel vague penser
Amour fait plus amere & plus douce ma peine.

SONET XXXVIII.

Assié toi là, GVYON, & me dy des nouuelles,
Nous nous sommes assez embrassez & cheriz,
Que dit on à la court, que fait on à Paris,
Quels Seigneurs y void on, & quelles damoiselles?

Verrons nous point de fin à ces guerres cruëlles?
Le froment & le vin sont ils point encheris?
Et parmy tant de maulx ne voit on point periz
Tant d'emprunts, de taillons, d'imposts & de gabelles?

As-tu point apporté quelque liure nouueau?
As tu point veu Ronsard, ou Paschal, ou Belleau,
Que dit on que fait on? dy moy ie te demande,

Le Ieusneur est il point de parler dispensé?
Le bastiment du Louure est il fort auansé?
Que dit on au Palais, & que fait la Normande?

SONET XXXIX.

Ce grand CHARLES sans peur qui guerroyoit naguiere,
Et qui le fer au poing dedaignant le trespas
Se iettoit, courageux, au plus fort des combats,
N'estant iamais de ceux qui se rangent derriere:

Ce grand CHARLES sans per, dont l'Itale est si fiere,
Les armes qu'il portoit met librement à bas,

Et par autre ſentier dreſſant ores ſes pas,
Change en paiſible habit ſa cuiraſſe guerriere.

Là donc France, courage, il eſt encore tien,
Et ce changer d'habit n'eſt fait que pour ton bien,
Prediſant mile maulx à l'Eſpagne ennemie.

Car ſi l'augure a lieu, ce CHARLES cy ſera
L'inſtrument par lequel l'Itale on vengera
De Charles Empereur & de ſa tyrannie.

SONET XI.

Ie ne viz onc, DILLIERS, hoſte trop volontaire,
Qui nee fit encherir en fin ſon hoſtelier,
Et ne veis onc traicter ſi bien vn eſcolier,
Qu'on n'euſt touſiours en fin peine à le ſatisfaire.

Ie ne veis onc auſſi maiſtre trop debonnaire,
Qui ne feit ſon valet en fin trop famillier,
Et ne veis onc auſſi de vaillant cheualier,
A qui la guerre en fin ne feuſt vn peu contraire.

Bref, ie vois peu de gens ſe pouuoir contenir
Long temps en leur bonheur, ſans ingrats deuenir,
Vers leur meſme fortune, & ſans ſe meſcognoiſtre.

Autre que toi, DILLIERS, poſſible ne m'entend,
Et c'eſt pourquoi ie viz plus heureux & contant
Qu'vn hoſte, vn eſcolier, qu'vn guerrier ny qu'vn maiſtre.

SONET XLI.

Laiſſe pour quelque temps ta Caſſandre en arriere
Et ta Marie auſſi, mon Apollo Ronſard,
Laiſſe gentil Bellay, ton Oliue à l'eſcart,
Et toy ſçauant Baif, ta nouuelle guerriere.

Laiſſe diuin Paſcal ta gentille Riuiere,
Et vous encor Pangeas, Deſautels, & Tyard,
Laiſſez pour quelque tens la beaulté qui vous ard,
Pour voir quelle eſt vers moi vne beauté plus fiere.

Et ſi quelcun de vous deſcriuant ſes amours,
A peu trouuer confort ou remede, ou ſecours,
Pour Dieu qu'il me l'aprenne, afin que ie m'en vaille :

Toute mon eſperance à vous ſe vient renger,
» *Car ceulx-la peuuent bien qui ſortent d'vn danger,*
» *Enſeigner le moyen comme il faut qu'on en ſaille.*

SONET XLII.

A tout iamais les raiz de la vermeille Aurore
Aparoiſſent ſerains en tel iour que cettuy,
L'heur nous ſoit auſſi grand qu'il nous eſt au iourd'huy,
Plus plaiſant qu'autre iour que le ciel nous colore :

La Paix & l'amitié & la Iuſtice encore,
L'honneur & la vertu ſoient touſiours auec luy,

Et toufiours en foient loing, la trifteffe, l'ennuy,
Et les maulx qu'apporta la fatalle Pandore :

Car en vn pareil iour que cettuy fortuné
Mon inuincible Prince heureufement eft né,
Sous la large faueur d'vne eftoille benigne :

Sous luy le fiecle d'or encore reuiendra,
Le fort fera pour luy, & fa victoire infigne
Du Scythe iufqu'au More heureufe s'eftendra.

SONET XLIII.

O trop caduc penfer, ô trop frefle vouloir,
O malfaine raifon, ô pourfuyte trop vaine,
Vous ne iouyrez plus du plaifir de la peine,
Et du plaifant ennuy qui me faifoit douloir.

O defir que i'ay mis du tout à nonchaloir,
O fleche de venin & d'amour toute pleine,
O las qui me tenois en prifon inhumaine,
Voz effors deffus moi ne peuuent plus valoir.

O careffes, femblans, & riz pleins de feintife,
O propos, mains, & cueur rempliz de couuoitife,
Vous ne retiendrez plus mon efprit langoureux :

Et toi fureur d'amour dans mon ame alumée,
Ta vehemente ardeur s'en va toute en fumée,
Et plus franc que iamais ie refte bien heureux.

2.

SONET XLIIII.

Quand ie vois voir Madame, Amour ſoubdain m'ordonne,
Qu'en plus de cent papiers, i'eſcriue ſes beautez,
Encore que l'honneur de telles nouueautez,
Comme vn trop hault ſubget les mieux diſans eſtonne.

Mais fault il pas GIRARD, *que l'œuure i'abandonne,*
Si i'ay veu du Soleil les cheuaux arreſtez,
Et luy tout ententif mirer ſes raritez,
Puis s'enfuir honteux qu'il ne la parangonne?

I'ay veu cent fois, GIRARD, *que tous deux en vn iour,*
Et tous deux en vn point ſortoient de leur ſeiour,
Comme à l'enuy monſtrant la beaulté de leur face:

Cettuy les feux du ciel faiſant eſuanouyr,
Et cette cy ſoubdain le faiſant enfuyr,
Pour raiz de ſes yeux abandonner la place.

SONET XLV.

Que ferai-ie, PANGEAS, *afin de garentir*
Mon eſprit de l'amour, qui ſans ceſſe le lime,
Puis que le bal, la balle, & la paulme & l'eſcrime
Et mille autres tels ieux ne l'ont peu diuertir?

Tout animal peult bien quelque repos ſentir
Au ſoir, quand le grillon ſa voix tranchante anime,

Mais ie n'ay iamais ſceu par les ſons de ma ryme,
Ny de iour ny de nuict mon tourment alentir.

Oy donc, mon cher PANGEAS, ton cher Magni qui pleure,
Qui pleure vainement & ſanglotte à toute heure,
Et vien quelque confort de tes vers luy donner.

Qu'ainſi puiſſent les miens amollir ta Colombe.
Et l'araigne à iamais ne puiſſe ſur ta tombe
Quand tu ſeras en bas ſa toille façonner.

SONET XLVI.

Quand ie voy qu'elle eſcript, ſoubdain ie m'eſmerueille
De ſes traits ſinguliers coulant diſertement :
Quand ie voy qu'elle parle, ell' dit ſi proprement
Que mon eſprit ſoudain ſe pend à mon oreille.

Quand ie l'oy qu'elle chante, ell' n'a point de pareille,
Quand ie voy qu'elle rit, ell' rit ſi doucement,
Et quand elle ſe tait, ell' ſe tait tellement,
Que cent nouueaux amours dans mon ame elle eſueille.

Bref tout ce qu'elle dit, & tout ce qu'elle fait,
Eſt ſi doux, ſi gentil, ſi rare & ſi parfait,
Que trop heureux eſt cil qu'elle tient en deſtreſſe :

Et c'eſt pourquoy voiant tant de perfection,
I'ay comblé mon eſprit de tant d'affection,
La prenant & tenant pour Madame & maiſtreſſe.

SONET XLVII.

Ces beaux cheueux dorés, ce beau front ſpacieux,
Ce teint blanc & vermeil, ce beau ſourcil d'ebene,
Cette bouche d'œillets & de muſc toute pleine,
Cet œil, ains ce ſoleil digne de luyre aux cieux,

Cette gorge de liz, ce ſein delicieux,
Où Venus à l'esbat ces trois Graces ameine,
Ce beau port de Déeſſe, & ce chant de Syrene,
Qui tire à ſoy le cueur des hommes & des dieux :

Ce riz qui peult fleſchir le Scythe plus ſauuaige,
Ceſt eſprit deſia meur en ſon verdiſſant age,
Et ce parler diſert qui coule ſi treſdoux,

Alument celle ardeur qui bruſle en ma poitrine,
Dame, pour voſtre amour, & ſont encore en vous,
Graces qu'à peu de gens la Nature deſtine.

SONET XLVIII.

I'ay dict cent fois, PASCAL, & le veulx dire encore,
Que pluſtoſt l'Ocean ſans eaux demourera,
L'aigneau parmy les loups pluſtoſt s'aſſeurera,
Et ſans fleurs en Apuril ſeront Zephire & Flore.

Pluſtoſt d'eau de mon Loth blanchira lon vn More,
Et contremont pluſtoſt ſon cours retournera,

Et l'Aurore au matin en Occident ſera,
Et le Soleil au ſoir où ſe leue l'Aurore :

Que ce traiſtre Baſtard de meſchance remply,
Face oeuure qui ne ſoit en malice acomply,
Veuf de grace & d'honneur, & de rude pointure :

Et pourra ce grand Tout ſe faire vn petit rien,
Pluſtoſt que ie le cele, & que ie vueille bien
A ce traiſtre Baſtard de peruerſe nature.

SONET XLIX.

O bien heureuſe nuict, à moy plus douce & chere
Que ne me fut onc cher le iour le plus luyſant,
Tu m'as fait ſi content d'vn ſi ioly preſent,
Qu'il ne ſera iamais que ie ne te reuere.

Tu pouuois bien mon heur plus long tens ſatisfaire,
Mais tu ne pouuois pas le faire plus plaiſant,
Dont ie mercie Amour, qui mon mal appaiſant
M'a rendu bien heureux d'vne telle maniere :

I'euz preſque le moyen de me pouuoir laſſer,
Mais non de me ſaouler, de baiſer, embraſſer,
Taſter & careſſer les beautez de m'amie :

Mais cela qui me fit bien heureux de tout point,
Ce fuſt qu'en ce plaiſir d'allegreſſe endormie,
Ie ſongeois en ſongeant que ie ne ſongeois point.

SONET L.

Lors que le cler Soleil faisant place à la nuict,
Plonge son char doré dedans la mer profonde,
Et lors que par le ciel ses cheuaulx il conduit,
De ses raiz enflammés donnant lumiere au monde :

Bref de iour & de nuict le malheur qui me suit
Dessus moy miserable immobile se fonde :
Et si rien me soulage, & si rien ne me nuyt,
C'est le seul passetemps de la Muse faconde.

Les seuls vers de la Muse allegent mes ennuys,
Et seuls me font passer & les iours & les nuicts,
Quelque peu consolé parmy tant de martire :

Mais quoi? par mots couuers i'exprime mon malheur,
Et celuy qu'on tourmente & qui ne l'ose dire, »
Rengrege en se taisant soy mesmes sa douleur. »

SONET LI.

Vn chacun qui me void le visaige si blesme,
Dit soubdain, GOHORI, que i'ai le mal françois,
Et le dit tellement quelque part où ie sois,
Qu'autre chose ie n'ois, que le bruict qu'on en seme :

A l'ouyr dire ainsi, ie le croiroy moi mesme
S'en quelque endroit de moi quelque douleur i'auois,

Mais i'ay les membres ſains & facile la voix,
Et ay touſiours la bouche en appetit extreme.

Sçais-tu, mon GOHORI, qui me fait eſtre ainſi?
C'eſt vn trompeur eſpoir qui me paiſt de ſouci,
Viuant trop incertain du fruict de ſa parole :

Mais qu'on m'oſte ce ſoing qui les eſprits me rompt,
Et lors ie reprendrai ma couleur ſur le front,
Et ſerai quant & quant gueri de la verolle.

SONET LII.

Heureux mes yeux qui deués bien toſt veoir
Cette clarté d'où vient voſtre lumiere,
Heureuſe main qui deués couſtumiere,
Cette autre main doucement receuoir.

Heureux Amour qui ſceuſtes deceuoir
Si cautement ma franchiſe premiere,
Heureux mon cueur qui regettez arriere
Tout autre bien pour cettuy conceuoir:

Apres qu'abſent i'ay ſouffert vne peine
Pire cent fois qu'vne mort inhumaine,
Ie ſens venir la fin de ma langueur,

Qui d'vn tel bien fait contante ma vie,
Qu'à l'heur des dieux ne porte ores enuie
Mon œil, ma main, mon amour, ny mon cueur.

SONET LIII.

Quand ie te voy, BIZET, auec ton Eſpagnolle,
Alleger doucement ton amoureux ſoucy,
D'vn acueil, d'vn baiſer & d'vn riz adoucy,
Et quand en l'acollant ie voy qu'elle t'acolle :

Vn tel brazier d'amour & m'eſchauſe & m'afolle,
Que ie vouldroy ſoubdain la careſſer ainſi,
Et vouldroy qu'elle encor me careſſaſt auſſi,
Et l'en prirois ſoubdain, mais ie crains la verole :

Mais ie crains la verolle, & la crains à bon droit :
Hé dieux! BIZET, hé dieux! & qui ne la craindroit
Quand ell' difforme tant & fait tant de dommage,

Du Riz en a la face & le corps afollé,
Queſnay en a le chef & le menton pellé:
Quels exemples plus grans vouldrois-tu dauantage?

SONET LIIII.

I'auoy fait de mes pleurs vn fleuue ſpacieux,
Où de fortune Amour par qui ie les diſtille,
Faillit de ſe noyer, car ſon æſle mobile,
Moitte de cette humeur, ne ſceuſt voler aux cieux.

Sans prendre long conſeil, pour ſe garantir mieux,
Il feit de ſon carquois vne barque ſubtille,

Vn maſt feit de ſon arc à naurer tant habille,
Et vne voile feit du bandeau de ſes yeux.

De la corde de l'arc des cordaiges il feit,
Ses traits d'or & de plomb pour auirons il meit,
Et de mille ſouſpirs il feit enfler ſa voile :

Et voyant ma Maiſtreſſe à l'heure ſur le bord,
Il inuoqua ſon aide, & paruint à bon port,
Ayant ſon œil diuin pour Phare & pour eſtoille.

SONET LV.

O beaux yeux bruns, ô regards deſtournez,
O chaults ſouſpirs, ô larmes eſpandues,
O noires nuicts vainement attendues,
O iours luyſans vainement retournez :

O triſtes pleints, ô deſirs obſtinez,
O tens perdu, ô peines deſpendues,
O mille morts en mille retz tendues,
O pires maulx contre moy deſtinez :

O pas eſpars, ô trop ardente flame,
O douce erreur, ô penſers de mon ame,
Qui çà, qui là, me tournez nuict & iour,

O vous mes yeux, non plus yeux mais fonteines,
O dieux, ô cieux, & perſonnes humaines,
Soyez pour dieu teſmoins de mon amour.

2..

SONET LVI.

Quel honneur penses-tu que ce te soit, Maistresse,
De me monstrer ainsi tant de fiere rigueur?
Le iour que ton bel œil enamoura mon cueur,
Ton œil me promettoit beaucoup moins de destresse.

Ne vois-tu point le tens qui nous suyt & nous presse?
Vois-tu pas cet œillet comme il perd sa couleur?
Vois-tu pas mon ennuy, ma peine & ma douleur?
Fais moy donc ie te pry quelque peu de caresse.

Si tu veulx d'vn regard mon cueur fauoriser,
I'attendray douze mois pour auoir vn baiser,
Pourueu qu'au bout du terme vn baiser tu me bailles:

Et si tu veux apres que i'attende en langueur,
Six ans le dernier poinct, i'attendray de bon cueur,
Pourueu qu'au bout du terme aussi tu ne me failles.

SONET LVII.

S'esbayt-on, DVBVYS, si nostre vieil Cahours
N'a gardé que si peu de sa vieille excellence,
Les vertuz on poursuyt, les vices on dispence,
Et l'amour & la foy n'ont desia plus de cours.

Si tost qu'vn garson naist, on le garnit d'atours,
On le flatte, on le gaste, aux honneurs on l'auance,

Et ſi toſt qu'vne fille, on l'adextre à la danſe,
Au chanter, au parler, tous aiguillons d'amours :

De ce train deprauė cette citė ſi ſainčte,
N'auoit iadis tant d'heur & tant de gloire ateinte,
Qu'en pire eſtat, DVBVYS, ne puiſſe elle finir :

Que ne corrompt le tens? mieulx valoient noz aieulx
Que noz peres, helas! & nous valons moins qu'eulx,
Et pis encor vaudront noz nepueuz aduenir.

SONET LVIII.

Roſſignollet ioly, qui dedans la maiſon
Chantes de ma Maiſtreſſe, en vne eſtroite caige,
Naguere tu ſoulois, libre par le bouſcaige,
Annoncer de ton chant la nouuele ſaiſon.

Mais ores plus content de ta douce priſon,
Tu ne veux que chanter ton bien heureux ſeruaige :
Tout autre priſonnier perd ſoubdain le courage,
Mais toi de l'augmenter as meilleure raiſon.

Ta priſon eſt de bois, & de fer eſt la mienne,
Tu t'attens de rentrer en la franchiſe tienne,
Et moy plus malheureux n'eſpere iamais rien.

Toi de voir ma Maiſtreſſe as cent mille allegreſſe
Et moy pour l'auoir veuë ay cent mille deſtreſſes,
Peuſſe-ie mon deſtin changer auec le tien.

SONET LIX.

S'amour eſt vne ardeur, d'où me vient tant de glace?
S'amour eſt aueuglé, comment me fait il veoir?
S'amour eſt ſi doubteux, où pren-ie mon eſpoir?
Et s'il eſt vng plaiſir, que n'a t il en moy place?

S'amour eſt libre & franc, d'où vient donc qu'il m'enlaſſe?
S'amour eſt vne paix, que ne la pui-ie auoir?
S'amour eſt vne mort, que me vault le douloir?
Et s'il eſt vn repos, d'où vient donc qu'il me laſſe?

S'amour ne bleſſe point, qui donc me naure ainſi?
S'amour eſt ſi ioyeux, d'où vient tant de ſouci?
Et ſi plus doulx que miel, d'où vient tant d'amertume?

Las! amour ne ſe plaiſt d'eſtre cogneu de nous,
Et plus pour le cognoiſtre vn eſprit ſe conſume,
Et moins il ſçait en fin s'il eſt amer ou doux.

SONET LX.

Si i'aime autre que vous, ce penſer bien humain,
Qu'amour ſi doucement mit iadis en mon ame,
S'en parte à l'heure-à l'heure, & ce beau feu, Madame,
Qui bruſle dans mon cœur s'eſteigne auſſi ſoudain.

Si i'aime autre que vous, ceſt eſpoir me ſoit vain
Que i'ay de paruenir au bien que ie reclame :

Si i'aime autre que vous, ce bel œil qui m'enflamme
Me soit tousiours plus beau, & plus plein de dedain.

Si i'aime autre que vous, puisse-ie dans ma bouche,
N'auoir plus que souspirs, & la nuict en ma couche
Que regrets & tourments qui troublent mon repos.

Or ie n'aime que vous, & si n'ay pas enuie
D'aymer autre que vous, changez donc de propos,
» *Car ie ne sers Amour pour Rachel & pour Lie.*

SONET LXI.

Veux tu sçauoir, LE CREC, pour quoi ie t'aime bien?
Ie t'aime bien le Crec, pour autant que tu m'aymes,
Et que noz amitiez sont toutes deux extremes,
Et ioinctes par sermens d'vn eternel lyen.

Que peut on desirer de bon heur & de bien
Plus qu'vn amy fidelle & qu'vn autre soi mesmes?
Tous les honneurs mondains & les Indiques gemmes,
Au pris d'vn vray amy i'estime moins que rien.

Pour toy ie soustiendroy le ciel & ses tempestes,
Pour moy tu combatrois vn serpent à sept testes,
Et pour toy volontiers ie descendroy la-bas.

Pour moy tu voudrois faire vne chose impossible,
Pour toy ie voudrois dire vne chose indicible :
Serions-nous pas ingrats de ne nous aimer pas?

SONET LXII.

Quand ie voy quelque fois Madame emmy la rue,
Qui tient tous les paſſans en esbayſſement,
Bien que de la veoir i'aye vn grand contentement,
Ie ne fay point ſemblant de l'auoir iamais veuë.

Mais quand dedans vn lict ie la tiens toute nue,
Et que nous nous baiſons l'vn l'autre ardantement,
Et que nous nous ſerrons l'vn l'autre eſtroitement,
Il ne ſemble pas lors qu'ell' me ſoit incongnuë.

Ie ne dy point ſon nom, & dire ne le veux,
Pource que les amours qui ſont entre nous deux
Ie ne voudroy pour rien eſtre ſçeus de perſonne :

Il me ſuffit auſſi de cognoiſtre mon bien,
Et d'auoir en aimant la fortune ſi bonne,
Que ie ſuis bien aimé ſans qu'il me couſte rien.

SONET LXIII.

Emerueillable eſprit que noſtre ſiecle admire,
Pour admirer ſi bien l'admirable beauté,
Ainſi puiſſe l'amour amollir la durté
De ta belle Admirée, où la beauté ſe mire :

Ie m'admire moymeſme en venant à te lire,
Tant la merueille eſt grande à veoir ſa cruaulté,

Tant la merueille eſt grande à veoir ſa priuaulté,
Dicte admirablement ſur les nerfs de ta lyre.

Ie voy tous amoureux en toy ſe remirer,
Et en ſe remirant ton amour admirer,
Qu'admirable tu peins de couleurs nompareilles.

Et ſi i'oſe iuger d'œuure tant merueilleux
Bien qu'il ne dreſſe au ciel vn ſourcil orgueilleux,
Si l'oſeray-ie mettre au rang des ſept Merueilles.

SONET LXIIII.

M. *Hola, Charon, Charon Nautonnier infernal.*
C. *Qui eſt ceſt importun qui ſi preſſé m'appelle?*
M. *C'eſt l'eſprit éploré d'vn amoureux fidelle,*
Lequel pour bien aimer n'euſt iamais que du mal.

C. *Que cherches tu de moy?* M. *le paſſaige fatal.*
C. *Qui eſt ton homicide?* M. *ô demande cruelle!*
Amour m'a fait mourir. C. *iamais dans ma naſſelle,*
Nul ſubget à l'amour ie ne conduis à val.

M. *Et de grace, Charon, reçois-moy dans ta barque.*
C. *Cherche vn autre nocher, car ny moy ny la Parque,*
N'entreprenons iamais ſur ce maiſtre des dieux.

M. *I'iray donc maugré toy, car i'ay dedans mon ame*
Tant de traicts amoureux, & de larmes aux yeux,
Que ie ſeray le fleuue, & la barque, & la rame.

SONET LXV.

EME, quand Tolomée euſt enuoié la teſte
De Pompée à Ceſar, Ceſar pour couurir mieux
L'aiſe qu'il en ſentoit, fit ſoudain de ſes yeux
Eſcouler mille pleurs, & n'en feit autre feſte.

Quand Hannibal auſſi veit finir ſa conqueſte,
Et veit perir ſon heur, ſeize ans victorieux,
Encor que le deſtin luy fuſt trop ennuieux,
Il couuroit ſon deſpit d'vn rire bien honneſte.

Ainſi l'homme prudent couure ſa paſſion
Sous vng manteau contraire à ſon affliction,
Et fait touſiours ſemblant d'eſtre content & libre :

Partant ſi quelque fois tu m'ois rire ou chanter,
Ne penſe que ce ſoit pour me ſentir deliure,
C'eſt pour couurir le mal qui me vient tourmenter.

SONET LXVI.

Inutille deſir, interditte eſperance,
Cauteleuſe penſée & vouloir aueuglé,
Larmes, plainctes, ſouſpirs & tourment dereiglé,
Donnez ou paix ou treſue à ma longue ſouffrance.

Et s'au mal le dedain ny l'oubly n'a puiſſance,
Et que ie doiue ainſi ſans fin eſtre comblé

De tant & tant d'ennuy dans mon ame aſſemblé,
Face la mort ſur moy ſa dure violence :

Ou le ciel promptement me foudroie le chef,
Car ie n'ay point de peur de nul mortel meſchef,
Pourueu qu'en treſpaſſant ma peine ne me ſuiue :

Sus donc Amour, va-ten, retire toy, a dieu,
Ta force en mon endroit demeure ores oiſiue,
Puis que nouuelle playe en moy n'a plus de lieu.

SONET LXVII.

Viuons, Belle, viuons & ſuiuons noſtre amour,
De cent diuers plaiſirs bien heurant noſtre vie,
Sans eſtimer en rien le babil de l'enuie,
» *Qui du bon heur d'autruy ſe tourmente touſiour.*

Le ſoleil s'en va bien & reuient chacun iour :
Mais depuis que la Mort noſtre vie a rauie,
Et qu'vne fois en bas noſtre vmbre l'a ſuiuye,
Il ne fault plus, Maiſtreſſe, eſperer du retour.

Suyuons donques heureux noſtre amour fortunée,
Et viuons peu ſoigneux du iour à la iournée,
Sans ſonger aux ialoux, n'au treſpas inhumain.

Periſſe cettuy-la qui d'ardente malice
Braſſe vn mal deſſus nous, & cil auſſi periſſe
Qui ſe ronge l'eſprit du ſoing du l'endemain.

3

SONET LXVIII.

A quel nectar, NAVIERE, ou à quelle ambrosie,
Pourroit-on la douceur de l'amour égaller?
De quel plus beau subget pourrions-nous bien parler,
Que parler de l'amour dans nostre poësie?

De quel aise pourroit nostre ame estre saisie?
Dequoy mieux que d'amour la pourrions nous souler?
Si n'estoit la fureur qui nous vient affoller,
De cette malheureuse & faulce ialousie.

C'est vn serpent caché sous vn monceau de fleurs,
C'est vn monstre crüel qui se paist de noz pleurs,
Et nous fait, & fait faire à nous mesmes la guerre.

De rage & de venin il nous emplist les seins,
Il trouble noz repos, noz heurs & noz desseins,
Bref, c'est pour les humains vng enfer sur la terre.

SONET LXIX.

Maistresse, ie vouldroy, ie vouldroy bien descrire,
Descrire bien le mal, le mal que i'ay pour toy,
Pour toy i'endure tant, i'endure tant d'esmoy,
Qu'à la fin tu prendrois pitié de mon martire.

Ie fay bien quelque fois, quelque fois à ma lyre,
A ma lyre chanter, chanter quelle est ma foy,

Quelle est ma foy, helas ! helas ! mais ie ne voy
Comme dire mon mal, car il ne se peult dire.

Si tu sçauois, Amour, l'amour dont ie suis plain,
Dont ie suis plain, helas ! tu ne voudrois qu'en vain
I'aymasse si long temps les beautez de sa face.

Mais il semble à la veoir, à la veoir que tu veulx,
Que tu veulx ignorer le mal dont ie me deulx,
Afin que pour guerir en aymant ie trespasse.

SONET LXX.

Autre que ie ne suis on ne me sauroit faire,
Et si l'ardeur d'amour enflamme mes esprits,
Et si ie fais des vers dignes de quelque pris,
C'est irriter les Dieux de dire le contraire :

D'où vient donques, PILA, *qu'vn ieune secretaire,*
Vn orgueilleux mignon de la molle Cipris,
Mon amour & mes vers ose mettre à mespris,
Faisant d'vn œuvre saint vn iugement vulgaire ?

» *Il est vrai qu'vn autheur reçoit bien peu souuent*
» *Son honneur merité, tandis qu'il est viuant,*
» *Et qu'on void la vertu tousiours estre foulée :*

» *Mais vn qui trop enflé n'a rien de bon en luy,*
» *Ne trouue voluntiers rien de bon en autruy,*
» *Et fait ses iugements tousiours à la volée.*

SONET LXXI.

Hé qu'à bon droit Petrarque a tenu ce propos,
Que le lict d'vn amant est vn camp de bataille,
Amour dedans le mien & d'estoc & de taille,
Tout le long de la nuict me naure sans repos.

I'ay beau crier mercy, i'ay beau chanter son loz,
I'ay beau iouer du luth, iouer au pallemaille,
Et changer de seiour, car où que ie m'en aille
Et quoi, las! que ie face il m'est tousiours à doz.

Il m'est tousiours à doz, le Tiran, & sans cesse
Et de nuict & de iour il me blesse & reblesse,
Sans egard ne pitié des maux que i'ay soufferts.

Si ie pensoy par mort pouuoir finir ma peine,
Ie me la donneroy tant soit elle inhumaine,
Mais ie crains qu'il me suiue encores aux enfers.

SONET LXXII.

A toute heure ie voy croistre l'ire & l'orgueil
De l'orage cruël qui si fort me tempeste,
A toute heure ie voy cent flots dessus ma teste,
Pour me faire en vn gouffre vn horrible cercueil.

Mon bateau n'est chargé que d'angoisse & de dueil,
Et quelque temps qu'il face il est tousiours en queste,

L'anchre, c'est ma raison qui iamais ne l'arreste,
Pour peur d'vn vent contraire ou crainte d'vn escueil.

Toy donc, mon AVANSON, qui vois quel est l'orage,
Et qui peux, si tu veux, me sauuer du naufrage,
M'esloingnant du danger, du mal & du soucy,

Mets la main au tymon, & me fais faire voile
En plus heureuse mer & sous plus douce estoile,
D'vn fauorable vent m'enleuant hors d'icy.

SONET LXXIII.

De tant d'aspres tourments qu'en aymant ie supporte,
De tant d'aigres ennuis qui la guerre me font,
Et de tant de dedaings que i'ay peints sur le front,
La seule Pacience allegement m'apporte.

La seule Pacience ouure & serre la porte
De mon cœur amoureux, & se tient au profond,
Et plus le mal m'afflige & ma force se fond,
Et plus cette Deésse aisement me conforte.

Quand les vertus iadis remonterent aux cieux,
Cette Deésse-cy par le vouloir des dieux
Demeura pour confort au monde miserable :

Aussi ie l'y retrouue, & luy fais chacun iour
Sur vn autel sacré vne offrande agreable,
Pour estre si propice au mal de mon amour.

SONET LXXIIII.

De tous ceux que lon dit estre heureux plus que moy,
Et moins que moy, BELLAY, ont merité de l'estre,
L'vn est ambicieux, flateur, menteur & traitre,
Et l'autre est ignorant, sans amour & sans foy.

L'vn souffle le Mercure & n'admire que soy,
L'autre porte la clef des plaisirs de son maistre,
Voulant pour peu d'effet grande chose apparoistre,
Et l'autre est impudent pource qu'il a dequoy.

L'vn simple en ses propos fait de la chatemite,
L'autre en tous ses effets les vieux singes imite,
Et l'autre ypocrisant feint le nouueau chrestien.

L'vn peu fin courtisan cuidant tromper se trompe,
L'autre frisque & plaisant ne sert que d'entretien,
Et l'autre trop bragard se destruit en sa pompe.

SONET LXXV.

Ce n'est point d'vn catherre, ou d'vne fieure tierce,
Que ie suis, CASTELLAN, à present tourmenté,
Vn beaucoup plus grand mal offence ma santé,
Et sans fin dessus moy ses cruautez exerce.

Cèt archer qui les Dieux & les hommes transperce,
Cèt Amour mal piteux qui n'a point de clarté,

Ce felon rauiſſeur de noſtre liberté,
Cauſe ce mal en moy de ſa fleſche peruerſe.

Ie n'ay veine ny nerf, muſcle, artere ny os,
En qui, mon CASTELLAN, ce mal ne ſoit enclos,
Gueris moy donc pour dieu, de ce venin extreme.

Apollon t'a donné ſon pouuoir de guerir :
Mais comment pourrois tu par luy me ſecourir,
S'il n'a ſceu quelque fois ſe ſecourir ſoymeſme?

SONET LXXVI.

Demeurer, CHARBONIER, captif en liberté,
Eſtre aſſailly d'vn coup d'eſperance & de crainte,
Auoir de maltalent & d'amour l'ame ateinte,
Pour chercher la douceur ne trouuer que fierté,

Auoir l'air tenebreux plus cher que la clarté,
Auoir dedans le cueur touſiours l'angoiſſe empraınte,
Les larmes dans les yeux, dans la bouche la plainte,
Les ſouſpirs, les ſanglots, le dueil & l'aſpreté,

Deſirer que la mort ne rauiſſe ma vie,
Puis ſoudain deſirer qu'elle me ſoit rauie,
Eſtre en flamme & en glace, ore foible, ore fort :

C'eſt la mer amoureuſe où ſans voile & ſans rame,
Pour Tramontane ayant le bel œil d'vne dame,
Ie vogue nuict & iour ſans rencontrer le port.

SONET LXXVII.

Que verrez vous mes yeux desormais d'agreable,
Puis qu'il me fault partir & changer de seiour?
Que verrez vous mes yeux & de nuict & de iour,
Qui ne vous soit par tout par trop espouuentable?

Quel chemin prendrez vous, qui ne soit desuoyable
Pauures pieds douloureux, attendant le retour?
Vous oreilles aussi pleines de mon amour,
Que pourrez vous ouir qui ne soit effroyable?

Bouche que ferez vous? ie me paistrai de fiel,
Et de cris & de pleints ie rempliray le ciel.
Mains, que toucherez vous? toutes choses horribles.

Et toy mon pauure cueur? ie mourray de langueur.
Sus donq aprestez vous à ces tourments terribles,
Pauures yeux, pieds & mains, bouche, oreilles & cueur.

SONET LXXVIII.

Si l'enfant de Venus asseruit noz esprits
Par les subtils rayons d'vne beaulté diuine,
Vous qui craignez le coup de sa flesche maline,
N'aprochez point d'icy, de peur d'estre surpris.

Car dedans les beaux yeux de cet autre Cypris,
Qui font honte au Soleil qui le monde illumine,

Amour a mis ſon arc & ſa trouſſe yuoirine,
Et les rets dont les Dieux & les hommes ſont pris.

Fuyez donques vous tous qui d'amour auez crainte,
Mais non, ne craignez point vne ſi douce attainte,
Car c'eſt vn bien grand heur de languir pour ſes yeux :

Voyez donques heureux ceſte image ſi belle,
Et quand enamourez vous languirez pour elle,
Voyez la viue encor, vous en languirez mieux.

SONET LXXIX.

MAGNY mon frere aiſné, on dict en vn adage,
Que cil boiue de l'eau à qui deffault le vin, »
Et cel' file le chanure à qui deffault le lin, »
Et qu'en faiſant ainſi l'vn & l'autre eſt plus ſage. »

I'ay ia mis à ſeruir le meilleur de mon age,
I'ay ia plus voyagé que le Grec le plus fin,
Sans qu'à ma ſeruitu i'aye peu mettre fin,
N'y gaigner en ſeruant tant ſoit peu d'auantage.

Mais que veux tu, mon frere, vn chacun auiourdhuy »
Soit il grand ou petit, ne ſonge que pour luy, »
Tenu plus qu'à nul autre à ſa propre fortune. »

L'amy fauche à l'amy l'herbe deſſous le pié, »
Et celuy dont on croit le mieux eſtre appuyé »
C'eſt celuy le premier qui dict qu'on importune. »

SONET LXXX.

Ronſard d'vne Marie a naguere chanté,
Et naguere il chantoit ſa Caſſandre diuine,
Dubellay ſur les nerfs de ſa lyre Angeuine,
A dit diuinement d'Oliue la beaulté.

Baif a par deux fois doctement lamenté,
Ores chantant l'amour d'vne douce Melline,
Ores chantant celuy d'vne fiere Francine,
Et l'vn & l'autre nom dans le ciel a planté.

Thiard en ſes Erreurs chante vne Paſithée,
Tahureau dit l'honneur d'vne belle Admirée,
Deſautels vne Sainte, & de noms empruntez

Chacun de ces amants nomme la dame ſienne,
Mais moy qui plus content vys aueques la mienne,
Ie ne fains point ſon nom pour chanter ſes beautez.

SONET LXXXI.

Par ces beaux yeux où ſe niche mon cueur,
Et d'où depend & ma mort & ma vie,
Par mon amour, & celle ardante enuie
Que i'ay de veoir terminer ma langueur.

Par Apollon, & ſon laurier veinqueur,
Par Euphroſine & Aglaie & Thalie,

Par Helicon, par l'eau de Caſtalie,
Et par le chef du Parnaſſide chœur.

Par tous les dieux & tous les elemens,
Par tous les cieux, & tous leurs mouuemens,
Qu'à mon ſerment i'inuoque ores ſans feinte,

Mon cher BILLOT, ſur ta main ie promets
Que vif ny mort ie n'enfraindray iamais
L'eſtroite foy de noſtre amitié ſainte.

SONET LXXXII.

Que nul ſoit ſi hardy de mon amour blaſmer,
Ny penſer rien que bien de ma belle Antonine,
Herouard des long tens ayt enflammé la Tine,
Et Viard plus ateint s'en aille l'enflammer.

Lecrec ſoit tout rauy pour l'Iſabelle aymer,
Gohory tout modeſte acoure à la Fauſtine,
Caſtin nouueau venu aille à la Florentine,
Et Saint Iulien s'en aille à la Clere alumer.

La Moudenine ſoit l'ardeur de Brageloigne,
De Paule de Fourly, Duqueſnay ne s'eſloigne,
Pila, pour ſa Lucrece ait le cueur langoureux,

Tous ſont heureux amants & leurs dames heureuſes,
Mais ie ſuis ſeul contant entre les amoureux,
Et l'Antonine eſt ſeule entre les amoureuſes.

SONET LXXXIII.

Cette nuit en dormant, i'ay entendu la pleinte
D'vn garſon tremblotant qui frappoit à mon huis,
Ouure moy, diſoit-il, car tant mouillé ie ſuis
Que preſque de mon ſang la chaleur eſt eſteinte.

A l'heure de pitié ſentant mon ame atainte
Ie me leue, & le mets dedans ma chambre, & puis
Ie fay pour le ſeicher ce que faire ie puis,
Mais oy, mon SAVARON, ſa meſchanceté feinte.

Dez qu'il me void ſoigneux pour ſon bien m'empeſcher,
Vn bel arc qu'il portoit il s'en vint deſchocher
Traitrement deſſus moy dans ma poitrine ſaine :

Et depuis par ce coup i'endure plus d'ennuy,
Que n'en euſt Menelas quand on rauiſt chez luy,
Sous vn traitre ſemblant ſa belle eſpouſe Heleine.

SONET LXXXIIII.

N'agueres, mon RONSARD, du Bellay me diſoit,
Que l'amour enflammoit plus que iamais ton ame,
Ce n'eſt pas, di-ie alors, d'vne nouuelle flame,
Car ains qu'icy ie vinſſe amour le maiſtriſoit.

Ce n'eſt pas, reſpond-il, celle qui l'attiſoit,
Car il ſert maintenant vne nouuelle Dame,

Et le petit archer mieux que iamais l'entame,
Et luy fait dire mieux encor qu'il ne faisoit.

Ha dis-ie lors, Bellay, que bien heureux il est
D'asseruir son esprit ainsi comme il luy plaist,
Sans tant faire vne amour & iamais la parfaire:

Il me plaist, comme ailleurs, en ce lieu l'imiter,
Et de Dame changeant tant de peine euiter,
Pour voir s'vne autre amour me sera si contraire.

SONET LXXXV.

DENISOT mon amy, quand Oreste aperceut
Le forfait que commit Egiste enuers son pere,
Il occit de sa main son impudique mere,
Pour son pere venger de la mort qu'il receut.

Mais le chetif helas! bien tost apres conceut,
D'vn si chault creuecueur vne rage si fiere,
Qu'il deuint enragé, voire en telle maniere,
Que de long tens apres guerir on ne le sçeut.

En fin, Pilade print auec luy son adresse,
Au temple où s'honnoroit la vierge chasseresse,
Et là ce pauure Oreste obtint sa guerison.

Toi donc, mon DENISOT, qui sçais quelle est ma rage,
Guide moi ie te prie aux piés de mon image,
Pour r'auoir comme luy ma peu caulte raison.

SONET LXXXVI.

Ie croi, BRINON, que d'vne autre Sydere,
En feu pareil ard ton cueur & le mien,
Car ſi tu n'as en l'aymant aucun bien,
D'elle aucun bien en l'aymant ie n'eſpere.

S'el' paiſt ton cueur d'vn traictement ſeuere,
El' paiſt le mien tout ainſi que le tien,
Et ſi tu meurs eſclaue en ſon lyen,
Ie ſuis reduit en ſemblable miſere.

Tous deux bruſlez d'vne pareille ardeur,
Tous deux glacez d'vne meſme froideur,
Nous ſommes ſerfs de deux dames haulteines :

Vn point te fait different d'auec moy,
C'eſt que lon t'aide à conter ton eſmoy,
Et que moy ſeul conte toutes mes peines.

SONET LXXXVII.

Mille & mille flambeaux vne odeur eſpandoient
Qui paſſoit en douceur l'odeur de la Sabée,
Mille & mille autres voix appelloient Hymenée,
Et les vndes d'Iſere Hymené reſpondoient.

A mille & mille ieux mille gens s'atendoient,
Et d'eux eſtoit, LONGPONT, la feſte redoublée,

Aux nopces de ta ſœur, quand parmy l'aſſemblée,
I'ouys dire à deux voix qui du ciel deſcendoient :

Amour & chaſteté, dirent les voix enſemble,
Eſtreignez le lyen qui ce beau couple aſſemble,
Si qu'entre eulx deux s'engendre vn eternel amour,

Iupiter le conſent, Iunon le fauoriſe.
La nuict ſe feit ſoubdain claire comme le iour,
Et l'air ſonna les noms de Ian & de Loyſe.

SONET LXXXVIII.

Que veux-tu tant ſçauoir & tant aprendre, Dame,
Ne vois-tu pas à l'œil que pour fleſchir la mort,
La doctrine ne vault, ny les arts, ny le ſort,
Et moins pour la fuir, plume, eſperon ny rame?

Miſerable eſt celuy qui ſa pitié reclame, »
Car elle ne regarde à foible ny à fort, »
Mais tous egalement nous fait paſſer le port, »
Et d'vn iour incertain tient en doubte noſtre ame. »

Ceulx-la qui de laurier ont le chef couronné, »
Et ceux qui l'ont encor de myrthe enuironné, »
Bref & princes & Roys ne s'en peuuent deffendre. »

Laiſſons donc cet eſtude, & viuons plus contens,
Eſliſant & prenant cent mille paſſetens,
Et qui ſçait ſi demain nous les pourrions reprendre?

SONET LXXXIX.

Ie ſens mon cueur par larmes diſtiller,
Sous les rayons d'vne flamme ſubtile,
Comme au Soleil la neige ſe diſtille,
Ou comme au vent ſe perd la nuë en l'air.

Qui void au feu la glace deſgeler,
Qui ſçait qu'en l'eau la flamme eſt inutile,
Cettui-la ſçait qu'vne Nymphe gentile
Me fait ainſi par larmes écouler.

Rien n'eſt pourtant plus benin que ſa face,
Rien n'eſt auſſi plus courtois que ſa grace,
Ny rien encor plus vif que ſes eſprits :

Mais tant eſt fort l'honneur qui la maiſtriſe,
Qu'elle ſans fin ſuyuant ſon entrepriſe,
Deteſte & fuyt mon amour entrepris.

SONET XC.

Mon diuin PARDEILLAN, qui d'vne æſle aſſeurée,
Voles iuſques au ciel & reuoles ça bas,
Où recherchant accort ce qui ne ſe pert pas,
Tu t'acquiers vn bon heur d'eternelle durée.

Ores tu vas chantant ſur la lyre dorée,
Mille beaux vers latins, qui n'ont peur du treſpas,

Ore aussi d'en sonner en françois tu t'esbats,
Rendant de toi l'Itale & la France honnorée.

Moy chetif esploré par vn ingrat malheur,
De tous mes longs trauaux ne reçoy que douleur,
Ny de tout mon espoir aucun fruict ne retire :

Et suys perdu si toy qui les Muses cheriz,
Et qui des Muses es vn des plus fauoriz,
Par le son de tes vers n'apaises mon martire.

SONET XCI.

L'vn vantera l'or frisé de ces tresses,
L'autre cet œil qui fait honte au soleil,
L'autre ce teint de cinabre vermeil,
L'autre ce riz pour ses delicatesses.

L'autre ce port imitant les Déesses,
Ou ces deux brins de coral nompareil,
Ou cette voix qui charme d'vn sommeil
Le fier orgueil des plus fieres rudesses :

Mais cest esprit qui descendu des cieux
Flambe icy bas comme au temple des Dieux
Flambe Cynthie, ou Venus, ou l'Aurore :

Ie veulx sans plus sur ma lyre chanter,
Et de l'oubly ses vertuz exempter,
Maugré le tens qui les ans nous deuore.

SONET XCII.

Ie recherchoy dans le ſein des plus vieux,
Qui demella cette maſſe profonde,
Où combatoient le feu, la terre, & l'onde
Confuſement auec l'air & les cieux :

Quand mon PASCHAL, *d'vn zele curieux,*
Me mena voir la merueille du monde,
L'autre Apollon à la perruque blonde,
Ce ſeul COMPEIN, *le bien aymé des dieux.*

Heureux PASCHAL, *heureuſe la rencontre,*
Qui tout d'vn coup heureuſement me monſtre
Mille treſors dont noſtre age eſt doré,

Heureuſe encor ma Clion qui l'adore,
Puis que les vers ſainctement il honnore,
Et que des vers il eſt tant honnoré.

SONET XCIII.

Pleuſt-il à dieu qu'ores entre mes bras
Ie tinſſe à nu ma gaillarde Cyprine,
Dans ce beau lict, où clos d'vne courtine,
Et ſeul & ſeur, ie pers dix mille esbats.

Ie me paiſtroy de mille doux apaſts,
Ore en baiſant ſa leure coraline,

Ore embraſſant ſon eſpaule yuoirine,
Et redoublant mille amoureux combats :

Et ſi tandis ie voioy que la belle
Feuſt tant ſoit peu farouchement rebelle
A mes plaiſirs, craignant quelque danger :

Ie luy donroy parmy ſa mignardiſe
Des paſſetens en ſi diuerſe guiſe,
Qu'en l'aſſeurant ie l'y feroy renger.

SONET XCIIII.

Mon Compaignon s'eſtime & ſe plaiſt de ſe veoir,
Il eſt diſpoſt, bragard & plein de gentilleſſe,
Il oſte le bonnet, il courtiſe, il careſſe,
Et fait quelque fois plus que ne veult le deuoir.

Il ſe plaiſt d'en deſpendre, & ſe plaiſt d'en auoir,
Il ne veult frequenter que tous gens de nobleſſe,
Il blaſme ceulx qui ont en eulx quelque fineſſe,
Et dit qu'il fait grand cas des hommes de ſçauoir.

Ce ſont de fort beaux dons, & dignes qu'on les priſe,
Mais il eſt ignorant, & remply de feintiſe,
Et aux ruſes de court dextrement enſeigné.

Il eſt moqueur, menteur, & plain de flaterie,
Meſdiſant & ialoux : Iuge donc ie te prie,
Si ie ne ſuis, BELLAY, fort bien acompaigné.

RESPONCE.

Que ton Compaignon ſoit bragard & bien en point,
Qu'il ſoit diſpoſt, honneſte & plain de gentilleſſe,
Qu'il oſte le bonnet, qu'il hante la nobleſſe,
Qu'il change tous les iours de chauſſe & de pourpoint,

Qu'il ayt cèt aiguillon qui tout le monde poingt
De vouloir eſtre grand, qu'il courtiſe & careſſe,
Qu'il blaſme ceulx qui ont en eulx quelque fineſſe,
S'il te plaiſt en cela il ne me deſplaiſt point.

Il ne me deplaiſt point que les ſçauans il priſe,
Mais qu'il ſoit ignorant & remply de feintiſe,
Qu'il ſoit moqueur, menteur, & tel comme au iourd'huy

Sont noz mignons de court, cela ne me peult plaire :
Et pour dire en deux mots, MAGNY, que c'eſt de luy,
C'eſt vn bon courtiſan, & mauuais Secretaire.

SONET XCV.

Ce n'eſt pas moy qui ſçait d'vne voix feinte,
Ou d'vn ſemblant traitrement deguiſé,
Feindre mon cueur d'vn amour embraſé,
Pour à tous vents la flamme en eſtre eſteinte.

Autre que moy d'vne menteuſe plainte
Aura l'honneur des dames abuſé,

Car ſois-ie pris, ou ſois-ie refuſé,
I'ayme touſiours d'vne amitié plus ſainte.

Et ſi chantant d'vne debile voix,
Ou ſi pleurant deuant vous quelque fois,
I'ay decelé mon amour & ma peine,

Aſſeurez vous que le cueur qui ſentoit
Vn plus grand mal, mon chant ne deſmentoit,
Ne rendez donc mon eſperance vaine.

SONET XCVI.

Comme vn blanc à ſagette Amour a fait mon ame,
Comme neige au ſoleil, & comme cire au feu,
Et comme nuë au vent, mais il t'en chaut bien peu,
Et m'aides touſiours moins quand plus ie te reclame.

De ton œil bruniſſant ſort le coup qui m'entame,
Contre qui ne me vault helas ! ny tens ny lieu,
De toi ſeule procede, & non du petit Dieu,
Le ſoleil, & le feu, & le vent qui m'eſpame.

Mon penſer amoureux eſt le trait ſi cuiſant,
Ton viſaige diuin le Soleil ſi luyſant,
Et mon deſir ardant la flamme pourſuiuye,

De quoy amour me poingt, m'aueugle, & me deſtruit,
Et ta voix eſt le vent au deuant de qui fuyt
Trop viſtement helas ! ma miſerable vie.

SONET XCVII.

Cil escriue de toy qui d'vn œillet vermeil,
Pense fleurer l'odeur aux poingnantes orties,
Voir des astres du ciel les flammes amorties,
Et veoir en Occident l'Aurore & le Soleil

Celuy face de toy vn œuure nompareil,
Qui se veult voir à droit tenaillé des enuies,
Et qui veult en mourant voir deux noms & deux vies,
S'endormir tout au coup d'vn eternel sommeil.

Cil escriue de toy qui veult perdre sa peine,
Qui ne beut onc de l'eau de la docte fonteine,
Ny mascha du laurier sur le double coupeau.

Cil escriue de toy sur le vent, ou sur l'onde,
Qui veult semer ton nom vainement par le monde,
Et veoir son nom & luy sous vn mesme tombeau.

SONET XCVIII.

Aspre cueur, & sauuaige, & fiere volonté,
En tant douce, & tant humble, angelique figure,
Si voz grandes rigueurs plus longuement i'endure,
Vous aurez peu d'honneur de m'auoir surmonté.

Soit l'autonne, ou l'yuer, le printens, ou l'esté,
Ou soit-il iour luysant, ou soit-il nuict obscure,

Ie me plains en tout tens de ma rude auanture,
De Madame & d'Amour ſans ceſſe tourmenté.

» L'eſpoir ſeul me fait viure, & me fait ſouuenir,
» Que i'ay veu maintesfois par eſpreuue aduenir,
» Que l'eau par trait de tens les grans marbres entame :

» Et qu'il n'eſt point de cueur ſi dur ne ſi cruël,
» Qu'on ne puiſſe amollir d'vn pleur continuël,
» Ny de ſi froid vouloir qui parfois ne s'enflame.

SONET XCIX.

Donques il ſera vray qu'vn Baſtard meſdiſant,
En qui l'art tout contraint, erre ſans la nature,
A donner aux grands Roys vn loz qui touſiours dure,
Sera par vn Ronſard eſtimé ſuffiſant?

Le Tybre aille ſon cours contremont conduiſant,
L'aigneau parmy les loups prenne ſa nourriture,
Et le iour plus luyſant deuienne nuict obſcure,
Et la plus noire nuict deuienne iour luyſant.

Les oiſeaulx deſormais habitent aux fonteines,
Et deſormais aux champs habitent les baleines,
Et tout par tout encor ſe change en l'uniuers,

Le feu, la terre, l'air & les vndes marines,
Puis qu'il eſt vrai, BELLAY, qu'vn Baſtard ſi peruers,
Ronſard a mis au reng des perſonnes diuines.

SONET C.

Ne me puniz, Seigneur, ny me donne la mort,
Si i'adore ça bas vne humaine figure,
Tu l'as faicte ainsi belle, & si c'est ta facture,
Comme en l'aymant ainsi te puis-ie faire tort?

Ie sçay que les erreurs te deplaisent bien fort,
Mais c'est pour apaiser sa rebelle nature,
Qui nous fait dans le cueur vne grande blesseure,
Sans nous donner apres remede ny confort.

Si quelcun veult fuyr euitant sa victoire,
Du Soleil qu'il voyoit il void vne nuict noire,
Et reste si confuz qu'il perd sa liberté.

S'il te plaist donc, Seigneur, que plus on ne l'adore,
Et que pour elle ainsi tant d'ennuy nous deuore,
Fais sa douceur plus grande, ou moindre sa beauté.

SONET CI.

DALECHAMPS mon amy, si dans ton Auicenne,
Ou dans ton Hippocrate, ou Galen tu as veu
Quelque herbe pour guerir le venin que i'ay beu,
Sauue moy ie te pry de peril & de peine.

I'ay pour les beaux yeux bruns d'vne douce inhumaine
Tant de mal dans le cueur, de venin & de feu,

Que s'on ne me guerit, ie ſens bien peu à peu
Ma force qui ſe fond, & ma tombe prochaine :

Ie ne ſuis plus celuy que i'eſtoy parauant,
I'embraſſe ores vne ombre, & cours apres le vent,
Et naige en vne mer qui n'a ny fonds ny riue :

I'eſcry tous mes penſers & les ſeme dans l'eau,
Ie cherche auſſi dans l'air la traſſe d'vn oiſeau,
Et chaſſe ſur vn beuf vne biſche fuitiue.

SONET CII.

M. *Amour, las! ie me meurs.* A. *Qui te donne la mort?*
M. *La mort me donne, helas! la mort me donne celle,*
Qui deſcendit du ciel ſi rebelle & ſi belle
Pour me faire mourir ſans eſpoir ny confort.

A. *Magny dy moy ſon nom.* M. *Amour vous auez tort*
De vous moquer ainſi de ma peine mortelle :
Car vous ſçauez trop mieux comment elle s'apelle,
Seule au monde viuant qui force voſtre effort.

A. *Vraiment ie la cognoy, mais i'ay ſi grande honte*
De ne l'auoir domptée & voir qu'elle me dompte,
Que ie n'oſe monſtrer cognoiſſance en auoir.

M. *Va t'en donques Amour fraudé de ton ateinte,*
Et vous triſtes amans qui craignez ſon pouuoir,
Craignez Madame ſeule, & de luy n'aiez crainte.

4

SONET CIII.

Ie cherche paix, & ne trouue que guerre,
Ores i'ay peur, ores ie ne crains rien,
Tantost du mal & tantost i'ay du bien,
Ie vole au ciel & ne bouge de terre.

Au cueur doubteux l'esperance i'enserre,
Puis tout à coup ie luy romps le lyen,
Ie suis à moy & ne puis estre mien,
Suyuant sans fin qui me fuyt & m'enferre.

Ie voy sans yeux, ie cours sans desplacer,
Libre ie suis & me sens enlacer
D'vn poil si beau que l'or mesme il egale :

I'englace au feu, ie brusle dedans l'eau,
Ie riz en pleurs, & ronge mon cerueau,
Chantant tousiours comme fait la cigalle.

SONET CIIII.

N'aguere ma Maistresse estoit en vne eglise,
Où de bon heur, MOYEN, i'estoy semblablement,
Quand ie vys vn milier d'hommes ensemblement,
Rester esmerueillez de beauté tant exquise.

Bien heureux, disoient ils, qui n'a plus de franchise,
Et qui pour telle dame endure du tourment,

Bien heureux qui la voit, mais plus heureux vraiment
Celuy qui quelque fois auec elle deuise.

Bien heureux est celuy qui la peult courtiser,
Et plus heureux encor cil qui la peult baiser,
Mais plus heureux cent fois qui se voit aymé d'elle.

Bien heureux suis-ie donc, ce disoi-ie à part-moy,
Qui l'ayme & suis aymé, & la baise & la voy,
Et parle quand ie veulx & couche auecques elle.

SONET CV.

Ie ne veulx point attendre à dessendre la-bas,
Quand, vieillard radoté, ie n'auray dent en bouche,
Ainçois veux qu'au cercueil aussi tost on me couche
Que ie n'auray plus force aux amoureux combats.

L'homme vieil est priué de tout genre d'esbats,
Il est tousiours assis comme vne vieille souche,
Il crache seulement, & toussit, & se mouche,
Et sans fin tremblotant il a peur du trespas.

Il regrette le tens de sa gaye ieunesse,
Et si quelque aiguillon le poingt en sa vieillesse,
C'est l'auarice, helas! qui le poingt seulement.

Il reuient en enfance, & fault qu'on le netye,
Qu'on agence sur luy tout son habillement,
Et fault qu'on luy redonne encor de la bouillie.

SONET CVI.

Pauure Aueugle qui vas en mandiant du pain,
Et qui plains le malheur dont ta vie eſt pourueuë,
Tu n'es ſeul contre qui la fortune eſt eſmeuë,
Elle ha mis deſſus moy plus rudement la main.

I'ay bien veu quelque fois que i'eſtoy libre & ſain,
Mais ores i'ay perdu & le cueur & la veuë,
Toy d'vn fidele chien ſeurement par la ruë,
Et moy eſtant guidé d'vn Aueugle incertain.

Nous mandions tous deux pour ſubſtanter noz vies,
Mais tu meux à pitié ceux à qui tu mandies,
Et nul n'en veult auoir de mon mal douloureux.

Ton ame eſt en franchiſe, & captiue eſt la mienne,
Vy donques plus content en l'infortune tienne,
Puis que ie t'acompagne & ſuis plus malheureux.

SONET CVII.

Quand ie ſuis quelque fois aſſis dans le giron,
Ou couché dans les bras de ma belle Maiſtreſſe,
Et qu'vn plaiſant ſommeil les paupieres me preſſe,
Tranſportant mon eſprit aux riues d'Acheron :

Si quelque importun chien aboye à l'enuiron,
Et que par ſes aboys le ſommeil me delaiſſe,

Lors de mille baiſers la belle ie careſſe,
A quelque choſe auſſi quelque malheur eſt bon. »

Ie pers le doux ſommeil par le chien qui aboye,
Mais par le chien auſſi ſe redouble ma ioye,
Car dez que le ſommeil s'en volle de mes yeux,

Ie baiſe tant & tant & rebaiſe la belle,
Que non que le ſommeil, mais le nectar des Dieux,
N'égallent les douceurs que ie prends auec elle.

SONET CVIII.

Aux plus froids iours que l'yuer nous apporte,
Quand d'auec vous nagueres ie partoy,
Voſtre portrait qu'en mon ſein ie portoy,
Me renflammoit d'vne nouuelle ſorte.

Ie voioy bien comme la biſe forte
Perçoit de froid ceux auec qui i'eſtoy,
Mais ſa rigueur iamais ie ne ſentoy,
Par la vertu de cette imaige morte.

Regardez donc ſi de voſtre œil veinqueur,
Le vif portrait peult eſchauffer mon cueur,
Puis que le mort le peult ſi bien atteindre?

Bien heureux eſt qui ſent ce feu ſi doux,
Et plus heureux qui le ſent prez de vous,
Quand il le peult heureuſement eſteindre.

SONET CIX.

Le vaincre eſt en tout tens digne d'vne grand gloire, »
Soit qu'on l'aye par ſort, ou d'art induſtrieux, »
Mais celuy rend, MOREL, ſon heur moins glorieux »
Qui de ſang eſpandu fait belle ſa victoire. »

Celuy merite vn bruit d'eternelle memoire »
Qui de garder les ſiens vaillamment curieux »
Met l'aduerſaire en routte, & fait victorieux, »
Ne met plus en hazard ſa fortune notoire. »

D'vne de ces vertuz, IARNAC en vn camp cloz,
Deuant toute la France eterniza ſon loz,
De l'ennemy vaincu taſchant ſauuer la vie.

De l'autre ton POVLAIN clere preuue nous feit,
Ayant receu du Roy la faueur deſſeruie,
Quand cinq cens Eſpaignolz naguere il deſconfit.

SONET CX.

Ces iours paſſez comme Amour vouloit tendre
Son arc doré pour mon ame offencer,
Il aperceut Madame s'auancer,
Qui de ce coup acouroit me deffendre.

Lors en tel point il ſe ſentit ſurprendre,
Que plain d'effroy, ie luy vey commencer

Vn train qui peult tous les vents deuancer,
Tant peult Madame inutile le rendre :

Mais en fuyant, ſes traits ie vey tomber,
Et tout ſoubdain la belle ſe courber,
Qui les print tous. Depuis Cupidon erre

Tout deſarmé, plein d'vn amer ennuy,
Et ma Cypris des deſpouilles de luy
Fait ore aux Dieux comme aux hommes la guerre.

SONET CXI.

Quand le ſort enuieux haulſa la fiere main,
Ton frere meurtriſſant d'vn iniuſte tonnerre,
Peult eſtre pour ne veoir de nouueau ſur la terre,
Vn Pyrrhe, vn Alexandre, ou vn autre Aphricain :

Toute Itale trembla d'vn effroy inhumain,
Voire tout ce que l'Auſtre & l'Ourſe encore ſerre,
Et euſt le monde peur d'vne eternelle guerre,
Car le ciel ne fait pas tels preſages en vain.

Ah mort impitoyable ! ah malheureuſe mort !
Pouuois tu pas ailleurs adreſſer ton effort,
Sans nous faucher ainſi noſtre eſperance verte.

Plaignez le donc Autheurs françois, latins & grecz,
Et tant que vous voudrez faites grans voz regretz,
Ils ne ſeront iamais ſi grands comme la perte.

SONET CXII.

DAME, ie viens à toy ce poignard en ma main,
Afin de te prier de finir mon martire,
Ou bien en me donnant le bien que ie desire,
Ou bien m'outreperçant de ce fer inhumain.

Auras tu donc sur moy telle ire & tel dedain,
Que du don de mercy me vouloir escondire?
Auras tu donc sur moy tel dedain & telle ire,
Que vouloir de ce fer m'outrepercer le sein?

Sus-sus ne tarde plus, ie voy bien à ta mine
Que tu me veux ficher ce fer dans la poitrine,
Prens le donc, le voilà, occis moy vistement,

Amour reçoy mon ame, & m'oste cette peine,
I'ay vescu peu de tens, mais trop heureusement,
Si ie n'eusse onques veu cette Dame inhumaine.

SONET CXIII.

AMOVR, qui vois tout seul dans mon penser ouuert,
Et comme en te suyuant nuict & iour ie tracasse,
Allege vn peu mon cueur du tourment qui l'embrasse,
Mon cueur à toy cogneu, à tout autre couuert.

Tu sçais pour te suiuir l'ennuy que i'ay souffert,
Tu vois ma pacience & ma foy qui se lasse,

Et tu ne veux pourtant que i'eſloigne ta traſſe,
Ainçois me fais touſiours te ſuiure en ce deſert.

I'aperçoy bien de loing le feu dont tu m'alumes,
Mais ie n'ay comme toy pour y voler des plumes,
Et fault que i'aille ainſi ſans eſpoir de confort.

Mourray-ie donc? ouy. Mourons donc à cette heure,
Il ne m'en chault, pourueu qu'en bien aimant ie meure,
Et pourueu que Madame ayt plaiſir en ma mort.

SONET CXIIII.

Viue qui viure peult content allaigrement,
Car ie ne vis, PASCHAL, qu'en eſtat miſerable :
Gouſte qui peult gouſter vn plaiſir agreable,
Car ie ne gouſte rien que triſteſſe & tourment.

Sente qui peult ſentir ſon heur abondamment,
Car ie ne ſens plus rien qu'vn malheur effroyable :
Prenne qui prendre peult du repos amyable,
Car ie n'ay que trauail & peine inceſſamment.

Paiſſe qui paiſtre peult ſon penſer d'eſperance,
Car ie ne pais le mien que de dure ſouffrance,
De ſouſpirs & de pleurs, d'ennuys & de douleur.

N'ay-ie donc pas raiſon, mon PASCHAL, ſi ie pleure,
Et ſi ie blaſme ainſi le ciel de mon malheur?
Mais ainſi va celuy qui naiſt en la male-heure.

SONET CXV.

Ie te veux, DVQVESNEY, conter vne nouuelle,
Et s'elle ne te plait ne t'en courrouſſe point :
La Paule de Fourly n'a plus cet en-bon point,
Qui iadis marteloit tant d'amoureux pour elle.

Ses os perçent ſa peau, ſa face eſt toute telle
Qu'vn œillet trop laué qui a perdu ſon teint :
Ses ſourcils ſont tombez, ſon poil eſt tout deſteint,
Et bref quoy qu'elle dye elle a la pelarelle.

Elle a caſſe la voix, elle a noires les dens,
Et le nez & la bouche infectez au dedans,
Les membres tous percluz fors la main qui luy tremble.

Elle a l'eſtomac plain de crachats & de toux,
Le chef couuert de roigne, & la iambe de loups,
Bref elle a la pelade & la verolle enſemble.

SONET CXVI.

Porter deſſus vn mont vn rocher inhumain,
Qui retombaſt ſans fin & redoublaſt ma peine,
Se trauailler d'emplir vn crible en la fonteine,
Et voir deſeſperé mon trauail eſtre vain :

Repaiſtre tous les iours vn oiſeau de mon ſein,
Et pour m'en garentir toute aide m'eſtre vaine,

Auoir tousiours à doz vne Rage inhumaine,
Ou pres de mille fruits mourir tousiours de fain :

Attendre sur vn roc l'Orque le plus terrible,
Auoir deuant mes yeux vne Meduse horrible,
Et cent Harpyes voir de ma table à lentour,

I'aymeroy cent fois mieux, que ce tourment extreme
Que me donne & redonne, & de nuict & de iour,
Sans espoir de confort la cruëlle que i'ayme.

SONET CXVII.

Ainsi qu'vn Diament est plus beau que le verre,
Et comme le Soleil la grand lampe des Dieux,
Espand plus de clartez sur les flancs de la terre,
Que tous les autres feux qui reluysent aux cieux :

Ainsi les doux rayons qui sortent de tes yeux,
Assez forts pour forcer le fort Dieu de la guerre,
Et tes rares beautez obscurcissent le mieux,
Des plus rares tresors que l'vniuers enserre.

Nature en son parfait aussi te compassa,
Puis t'ayant faite ainsi le moule elle cassa,
Pour ne faire que toy, à toy-mesmes seconde.

Qui donques voudra veoir vn œuure plus qu'humain,
Qu'il vienne veoir tes yeux, mais qu'il vienne soudain,
Car la plus grand beauté dure le moins au monde.

SONET CXVIII.

Ie ne veux plus, BELLAY, trauailler mes esprits,
Et veiller nuict & iour pour les lettres aprendre,
Et ne veux les beaux traicts dans les liures comprendre,
Mais plustost oublyer ceux-la que i'ay compris.

Les sçauans auiourdhuy sont tous mis à mespris,
Et les grands au sçauoir ne daignent plus attendre,
Les bouffons seulement ils se plaisent d'entendre,
Et ceux qui font seruice au mestier de Cypris.

I'ay veu ce grand Guerrier qui Prestre ore veut viure,
Chasser vn qui venoit luy presenter vn liure,
Afin de retenir vn bouffon prés de luy.

Et se moquant de ceux qui se plaisent à lire,
Dire publiquement qu'vn bouffon le fait rire,
Et qu'vn homme sçauant ne luy donne qu'ennuy.

SONNET CXIX.

Comme vn bon laboureur qui seme en vne plaine,
Où ne feust onc semé, le meilleur de son grain,
Et met tant d'industrie auec le tens serain,
Qu'il void du bled meury la cuillette prochaine :

Si par foudre, ou par vent, ou par gresle inhumaine,
Le champ est saccaigé d'vn oraige inhumain,

Lors le laboureur perd le trauail de ſa main,
Mais ce n'eſt ny par ſoing, ny par faulte de peine.

Ainſi mon AVANSON, ayant ſemé de luy
La faconde attrayante au papat du iourduy,
L'alyant aux François par ſa prudence caulte :

Si la Treſue a rompu les deſſeins deſia meurs,
Lors qu'on penſoit cuillir le fruict de ſes labeurs,
Noſtre eſpoir eſt fraudé, mais ce n'eſt pas ſa faute.

SONET CXX.

Quand vn chant ſur le luth ma Maiſtreſſe fredonne,
Il me ſemble que i'oy le Poulac fredonner :
Et quand ie l'oy par fois vne fluſte entonner,
Il me ſemble que i'oy Ian Dauit qui l'entonne.

Quand l'ame à quelque chant de ſa voix elle donne,
Il me ſemble que i'oy Lambert la luy donner :
Et quand de l'eſpinette encor ie l'oy ſonner,
Il me ſemble que i'oy Ian du Gay qui en ſonne.

S'elle eſcrit proſe ou vers, ou s'el' deuiſe & parle,
I'oy ce ſemble Duthier, & Saingelais, & Carle,
Diſcourir par eſcript, compoſer, & parler.

S'elle ouure quelquefois, ou s'el' peingt, ou s'el' balle,
La Flamande, Ianet & Virgille elle egalle,
A faire vn bel ouurage, à pourtraire & baller.

SONET CXXI.

Ce nouuel an ie veulx pour le deuoir
Vous estreiner d'vne nouuelle estreine,
Non d'vn tresor, mais d'vne foy certaine,
De qui la mort ne peult la fin auoir.

De grand beaulté, de grace, & de sçauoir,
Et de vertu ie vous trouue si pleine,
Que qui pour vous prend tant soit peu de peine
N'a plus grand heur que de la receuoir.

Puis que le ciel vous a faite ainsi belle,
Vous n'eustes onc vne fortune telle
Que d'esprouuer l'amoureuse douceur.

D'hommes & dieux l'amour est estimée,
Receuez donc mon amour & mon cueur,
Et en aymant aprenez d'estre aymée.

SONET CXXII.

Ie ne sçaurois aymer ce mesdisant docteur
Qui tousiours de trauers toutes choses regarde,
Ny cet autre mignon qui tout en tout se farde,
Ny celuy qui malin m'oste vn bon seruiteur.

Ie ne sçaurois aymer vn courtisan flateur,
Ny vn qui bouffonant l'vn & l'autre brocarde,

Ny vn qui rien du ſien pour ſoy-meſmes ne garde,
Content de s'appouurir pour eſtre bon preſteur.

Ie ne ſçaurois aymer le ſeruice d'vn maiſtre
Qui ne veult rien tenir de ce qu'il veult promettre,
Ny cil qui les abſens prend plaiſir de blaſmer.

Ny cettuy là qui taille & à dextre & à gauche,
Ny celuy qui, peruers, deſſous le pied me fauche
L'eſperance que i'ay, ie ne ſaurois aymer.

SONET CXXIII.

Sus, leue ces papiers, deſcharge m'en la table,
Et ne m'en monſtre aucun, Battylle, d'auiourd'huy,
Car ie ne veulx rien voir qui puiſſe faire ennuy,
Et ne veulx faire rien qui ne ſoit delectable.

Ce iourd'huy me ſoit feſte, & non point iour ouurable,
Mon Capi eſt venu, & pour l'amour de luy
Ie veulx prendre mon aiſe, & m'eſloigner d'autruy
Pour auecques luy ſeul l'auoir plus agrëable.

Ie veulx donner vn peu de treſue à mon amour,
Ie veulx de craye blanche auſſi marquer ce iour,
Et ne veulx inuoquer que le gay Pere libre.

Ie veulx rire & ſaulter comme vn homme contant,
Ie veulx faire vng feſtin pour y boire d'autant,
Et ne m'en chault pas fort encor que ie m'enyure.

SONET CXXIIII.

Le ciel voyant que de ce qu'il m'honnore,
Ie me rendoy froidement ocieux,
Pour me donner vn ſubget precieux,
Feit naiſtre en bas voſtre belle Pandore.

Voyant auſſi le ſoing qui vous deuore
Du bien public nuict & iour ſoucieux,
A voſtre gré l'embellit de ſon mieux,
A voſtre gré la deſtinant encore.

Au ciel naſquit beaulté tant excellente,
El' vint du ciel afin que ie la chante,
Ie chante donc des celeſtes beautez.

Le ciel benin à voſtre gré l'ordonne,
Du ciel vient donc la chanſon que ie ſonne,
Et du ciel vient l'aiſe que vous ſentez.

SONET CXXV.

Mon Dieu que ceſte treſue a le nez alongé
A ceux là de qui moins elle eſtoit attenduë,
Ceſtuy-cy d'vn coſté ſon attente ha perduë,
Et en tous ſes deſſeins ſemble qu'il ait ſongé.

Ceux-cy creuent de dueil d'auoir tant voyagé,
Et de veoir vainement leur peine deſpenduë,

Ceux-cy perdent du tout leur cause deffenduë,
Et ceux-cy par despit demandent leur congé.

Cettuy-cy qui cuidoit de la vaillance sienne
Regaigner le bon heur qu'il perdit deuant Sienne,
S'en va plus que iamais de vengeance alteré.

Cettuy se void frustré de sa charge nouuelle,
Cettuy n'espere plus qu'à Rome on le rapelle,
Et cettuy se repend de s'estre declairé.

SONET CXXVI.

A peine encor, du vulgaire écarté,
Ie m'acostoy de Virgile & d'Horace,
Quand la beaulté d'vne quatriesme Grace
Emprisonna ma franche liberté.

A peine encor i'entreuy la clarté
Qui luyt, si douce, en sa diuine face,
Quand enflammé d'vne nouuelle audace,
Son nom par moy feut au ciel emporté.

Ores à peine ay-ie peu receuoir,
Mon cher VAILLAC, le bien de te reueoir,
Que ce liuret humblement ie te donne :

En attendant qu'autrement agité
Dessus l'autel de l'immortalité,
Les hymnes saincts de ta gloire ie sonne.

SONET CXXVII.

Ce que i'ayme au printens ie te veulx dire, MESME.
I'ayme à fleurer la rose, & l'œillet, & le thin,
I'ayme à faire des vers, & me leuer matin,
Pour au chant des oyseaux chanter celle que i'ayme.

En esté, dans vn val, quand le chault est extreme,
I'ayme à baiser sa bouche, & toucher son tetin,
Et sans faire autre effet faire vn petit festin,
Non de chair, mais de fruict, de freses & de cresme.

Quand l'Automne s'aproche & le froid vient vers nous,
I'ayme auec la chastaigne auoir de bon vin doux,
Et assis pres du feu faire vne chere lye.

En hyuer, ie ne puis sortir de la maison,
Si n'est au soir masqué, mais en ceste saison
I'ayme fort à coucher dans les bras de m'amie.

SONET CXXVIII.

Celluy qui suyt la court, s'il n'est heuré des cieux
D'y pouuoir demeurer librement & sans peine,
Sent dedans chacun nerf & dans chacune veine
Couler de iour en iour vng traict ambicieux.

Il a tousiours l'esprit veillant & soucieux,
Qui comme vif argent se tourmente & demeine,

Il bastit en resuant cent chasteaux sur l'arene,
Et n'arreste iamais ny les piés ny les yeux.

Et ce pendant qu'ainsi le pauuret se tempeste,
Et qu'il ne songe point à la mort qui le guette,
Elle l'enuoye en-bas fraudé de son espoir.

C'est pourquoi, REMBOILLET, les courts ie ne puis suyure,
Et pourquoy mes desirs n'aspirent qu'au sçauoir,
Et qu'en viuant ainsi ie n'ay soing que de viure.

SONET CXXIX.

Apres auoir, PASCHAL, d'vne sçauante main
Remply de cent discours ton histoire immortelle,
Ornant nostre grand Roy d'vne gloire aussi belle
Que celle d'Alexandre & du ieune Aphricain,

Voy ie te pry, PASCHAL, de quel trait inhumain,
Amour fait en mon cœur vne playe nouuelle,
Et de quelle chanson ie celebre la belle
Qui me tient langoureux sur ce fleuue Romain.

De iour en iour ie change & de poil & de face,
Mais Amour dedans moy ne change point de place,
Ains me naure tousiours des raiz de deux beaux yeux.

Ie suis du tout à luy, & n'ay rien en moymesme:
Mais quoy? c'est mon destin, & plustost que ie n'ayme,
La mer sera sans eaux & sans astres les cieux.

SONET CXXX.

Long tens ains que le ciel, Madame, vous feit naistre,
Vostre Astre vous auoit ce bon heur destiné,
Pour effacer vn iour le tourment obstiné
Qui d'vn si long ennuy m'a contraint de repaistre.

Heureuse donc cent fois la delicate dextre,
Par qui pour tant de mal, tant de bien m'est donné,
Et plus heureux encor, encor plus fortuné
Celluy qui vous conduit pour mon heur me remettre.

Mille & mille milliers d'autres dames en vain
Ont pour me deliurer sur mon chef mis la main,
Mais nulle onques ne peult me tirer hors de peine :

Aussi soit en douceur, ou soit en loyauté,
Ou en perfection de diuine beaulté,
Sans nulle avtre blasmer vous estes plus qu'humaine.

SONET CXXXI.

Ce que ie t'ay autresfois presenté,
Et qu'autresfois tu receuz de ta grace,
Ie viens encor presenter à ta face,
Pour estre encor de ta grace accepté.

S'il y auoit de la temerité,
Veu ta grandeur, & ma qualité basse,

Diuin Prelat, excuſe mon audace,
Car telle audace excuſe a merité.

Iupiter prend la plus petite offrande »
D'auſſi bon cueur comme il prend la plus grande, »
Egallement des peuples & des Rois. »

Vne œuure auſſi quand elle eſt bien deſcritte, »
S'elle a ce bien de bien plaire vne fois, »
Ne peult deſplaire eſtant dix fois reditte. »

SONET CXXXII.

Si ie vouloy punir mon hayneux, & qu'il pleuſt
Aux dieux que mes ſouhaits vainement ie ne feiſſe,
Afin que deſaſtreux de tous poinctʒ ie le veiſſe,
Oy, BIZET, ie te pry que ie voudroy qu'il feuſt.

Autant que le Breton ie ne voudroy qu'il ſçeuſt,
Mais bien qu'il euſt de luy la pareſſe & le vice,
La iambe de Bonard, pour bien faire exercice,
Et que pour voir plus cler ſes yeux encore il euſt.

Qu'il euſt la main pareille à celle de Marſeille,
Les ſourcils & la barbe à Duqueſnay pareille,
Et qu'il euſt le genou tel que Gohory l'ha.

L'eſpaule du Sueur, & le bras de ſon Maiſtre,
Dy moy donc ie te pry s'vn homme auec cela
Seroit pas bien en poinct & facile à cognoiſtre?

SONET CXXXIII.

Puiſque le cler Soleil veult apparoiſtre aux cieux,
Et que ie voy deſia la rougiſſante Aurore
Qui de ſes raiz vermeils le ciel d'Inde colore,
Sus-ſus chaſſons, BELLAY, ce ſomme de noz yeux.

Allons paſſer aux champs ce loiſir ocieux,
Pangeas auecques nous y viendra bien encore,
Et qu'vn chaſcun de nous à ſon reng rememore
Ses antiques amours d'vn chant ſoulacieux.

Imitons les oiſeaux qui par ces verds boucaiges
Au gazouil des ruyſſeaux degoizent leurs ramaiges,
Bienueignant de leurs voix l'Aurore à ſon retour.

Voyla ia Gohory, qui de ſa main apreſte
Vn chapeau verdiſſant qui ne craint la tempeſte,
Pour cil qui ce iourd'huy chantera mieux d'amour.

SONET CXXXIIII.

Garde toy, VERNASSAL, garde toy, ie te prie,
De ce faux courtiſan qui trompe hommes & dieux,
Qui taille à tous coſtez, & qui n'a rien de mieux
Que faintiſe, menſonge, orgueil & flaterie.

Il bruſle dans ſon cueur d'auarice & d'enuie,
Il a d'vn baſilic le regard & les yeux,

La langue d'vn ſerpent, & d'vn Ours furieux
La rage & la fierté pour tourmenter ma vie.

S'on luy dict rien de bon, il n'en retiendra rien,
N'ayant l'eſprit capable à retenir le bien,
Mais s'on dict quelque mal, il le note & raporte.

S'il a beſoing de moy, il me flatte, & me dit
Qu'eſtant pres de mon maiſtre, il me priſe & ſupporte,
Et touſiours toutesfois le meſchant en meſdit.

SONET CXXXV.

Puis que mes pleurs me font ſi peu de bien,
Et que le vent tous mes ſouſpirs emporte,
Et que pitié pour mon ſecours eſt morte,
Et qu'à mes criz on ne me reſpond rien,

Que ne ſe rompt viſtement ce lyen
Qui me tient pris en angoiſſe ſi forte,
Ou pourquoy, las! à fin que mieux i'en ſorte,
Ne voy-ie boire au fleuue ſtygien.

Tout le penſer qui mon eſprit deſtourne
D'aupres de celle où captif il ſeiourne,
Me fait mourir triſtement douloureux :

Et cettuy là qui me tient aupres d'elle
M'afflige auſſi d'vne peine mortelle :
Suis ie pas donc doublement malheureux?

SONET CXXXVI.

Seruez bien longuement vn ſeigneur auiourd'huy,
Deſpendez voſtre bien à luy faire ſeruice,
Corrompez en ſeruant la vertu pour le vice,
Et ſoiez attaché nuict & iour pres de luy,

Pour luy donner plaiſir donnez vous de l'ennuy,
Sans nul reſpect à vous ſeruez-le en tout office,
Adonnez-vous aux ieux dont il fait exercice,
Et ne demandez rien pour vous ni pour autruy.

Continuez long tens, pour quelque bien acquerre,
A le ſeruir ainſi, puis caſſez quelque verre,
Ou faillez d'vn ſeul mot, vous perdez voſtre eſpoir,

Vous perdez voſtre tens, voſtre bien, voſtre peine,
Et ne vous reſte rien qu'vne promeſſe vaine,
Et vn vain ſouuenir d'auoir fait le deuoir.

SONET CXXXVII.

Cêt impudent Rouſſeau qui contre verité
Dit mille maulx de moy quand ie ſuis en abſence,
Qui ne fait rien qui vaille, & qui iamais ne penſe
Qu'à faire quelque preſt de quelque charité:

Ce courtiſan flateur plain de temerité,
Plain d'orgueil, de venin, d'enuie & d'ignorance,

A qui ie vois vſer ſans aucune aparence
Plus de faueurs cent fois qu'il n'en a merité,

RONSARD, c'eſt celuy-là qui ſi fort me tourmente,
Celuy ſeul, mon RONSARD, par qui ie me lamente,
Et qui n'eſt iamais ſoul de me donner ennuy.

Mais quoy? tel blaſme autruy qui condamne ſoymeſme, »
Et cil qui de tromper prend vn plaiſir extreme, »
Ne ſe doibt lamenter s'il eſt trompé d'autruy. »

SONET CXXXVIII.

MOYEN, feindre le ſourt en tout ce qu'on me dit,
Feindre d'eſtre muët à l'heure qu'on me tance,
Feindre ne ſçauoir rien des choſes d'importance,
Et feindre de n'auoir ny faueur ny credit:

De ce que ie requiers touſiours eſtre eſcondit,
Me paiſtre vainement d'vne longue eſperance,
Sur toutes les vertuz auoir grand pacience,
Et eſtre en tout partout de franchiſe interdit:

Souffrir qu'indignement vn taquain me maſtine,
Faire à mes enuieux touſiours la bonne mine,
Sans m'oſer lamenter des torts que ie reçoy:

Apuyer mon eſpoir ſur vne lettre eſcrite,
Et ſur ce vain honneur d'auoir ſeruy le Roy,
Voylà tout ce, MOYEN, qu'à Rome ie profite.

SONET CXXXIX.

GORDES, dy moy qui c'est de tous mes enuieux,
Qui met tout le matin à se friser la teste,
A parfumer sa barbe auec de la ciuette,
A se froter les dens, & se lauer les yeux :

Qui prise moins que rien vn homme studieux,
Et pousse iusqu'au ciel vne ignorante beste,
Qui fait du resolu, du gentil, de l'honneste,
Et qui n'a rien en soy qui ne soit vicieux :

Qui ne cherche que blasme où l'innocence abonde,
Qui traistre courtisan, & l'vn & l'autre sonde,
Pour interpreter mal ce que lon dit en bien.

Dy, si tu le cognois, dy moy qui ce peut estre,
Mais ie le cognoy trop, pour dieu ne m'en dy rien,
Que maudit soit celluy qui me l'a fait cognoistre.

SONET CXL.

D'où vient cela, BOVCHER, qu'entre les grans seigneurs
La courtoisie plaist, & l'orgueil ne peut plaire,
Et qu'on void de nature vn prince debonnaire,
Et que les mesmes Rois ne sont point blasonneurs ?

D'où vient aussi qu'vn tas de mignons repreneurs,
Qui n'ont art, ne sçauoir, qu'à se feindre, & se taire,

Ne ſont iamais contens, s'ils ne ſe voient faire
Mille fois en vn iour mille ſortes d'honneurs?

Quand parfois ie rencontre vn prince emmy la ruë,
Il me rend mon ſalut, lors que ie le ſaluë,
Et d'vn petit ſous-riz monſtre vne grand bonté;

Mais lors qu'vn Financier ſeulement ie rencontre,
Qui s'enfle ſur le gain de la premiere monſtre,
Mon ſalut enuers luy n'eſt iamais rien conté.

SONET CXLI.

Que deſormais, GILBERT, toute choſe ſe rende
Deſplaiſante & obſcure aux hommes & aux dieux,
Le iour ſoit ſans clarté, & la terre, & les cieux,
Et des aſtres encor l'etincelante bande.

Il eſt tens que Phebus en ſoy meſme s'offende,
Et tout teinct de douleur ſe cache de noz yeux,
Et qu'en ſa courſe ardante il deuienne ocieux,
Si que le iour çà bas iamais plus ne s'attende.

Le bon heur de ce ſiecle eſt ſi fort abatu
Et du faix & du fard qu'on donne à la vertu,
Que rien tant que le monde ores on ne deteſte:

Et par ce faulx Baſtard qui m'a voulu noircir,
Le Soleil par raiſon doit pluſtoſt s'obſcurcir
Qu'il ne fit pour Atrée, ou pour l'autre Thyeſte.

SONET CXLII.

Si ie dy, DVBELLAY, que ie t'ayme bien fort,
Tu le crois ſi tu l'ois, & chacun le doit croire,
Car ton ſçauoir priſé, ton merite & ta gloire
Font que cil qui ne t'ayme à ſoy meſme fait tort.

Si ie dy que tu ſois bien ſaige & bien accort,
Cette double vertu à chacun eſt notoire,
Notoire auſſi par tout la fameuſe victoire
Aquiſe par tes vers ſur le tens & la mort.

Si ie dy que tu ſois parfait amy d'eſpreuue,
Chacun de tes amis veritable me treuue,
Et void on bien à l'œil que ie ne mens en rien :

Dieu me gard, DVBELLAY, que ie die ou ie ſonge
Parlant de mon Baſtard qu'il ſoit homme de bien,
Car cela voirement ſeroit vne menſonge.

SONET CXLIII.

Vous auez, IACOPIN, acquis vn grand renom
Portreant Innocent ſi prés de la nature :
Car on ne ſçait à veoir cette morte peinture,
Si luy meſme eſt pourtrait de ſon pourtrait, ou non.

C'eſt luy qui gouuerna ſous Iules vn guenon,
Et qui pour ſon guenon euſt mainte prelature,

Qui de la Panthe prend toute ſa nourriture,
Et qui n'a rien en ſoy d'innocent que le nom.

O dieux ! s'il eſtoit peint auecques cette mine,
Vn peu plus largement deſcouurant ſon eſchine,
Comme attendant l'eſtoc, pour en tirer vn traict.

Ie puiſſe mal finir, IACOPIN, ſi dans Rome
Il fut onc veu pourtrait d'vn innocent ieune homme,
Qui tint du naturel tant que voſtre pourtrait.

SONET CXLIIII.

Thenot, ayant cherché par tous ces enuirons
Longuement ſa Catin ſans en auoir nouuelle :
A toy dit-il Siluan, vne pleine eſcuëlle
Ie donray de fromaige & de bons Macquerons.

A toy grande Palés deux paires de chappons,
A toy blonde Cerés cent eſpiz en iauelle,
A toy Faune gaillard des œufs cuits à la poile,
Et rouſtiz & bouilliz deux cens de beaux marrons.

A toy vermeille Flore vne anche de cheureau,
A toy chaſte Diane vn cerf en vn chaudeau,
A toy Priape encor vn aſne à l'eſtuuée.

A toy Pan vn ſiflet que i'ay fait de ma main,
Et à toy ie donray Bacchus vn bouc eſtain,
Si par quelqu'vn de vous ma Catin eſt trouuée.

SONNET CXLV.

Celuy vraiment eſt bien plus qu'ignorant luy meſme,
Qui dit, mon cher ROVSSEAV, que tu ſois ignorant:
Car qui veult voir de pres ton ſçauoir apparent,
Et te donne vn tel nom, commet vn grand blaſpheme.

Tu ſçais mentir par tout d'vne aſſeurance extreme,
Tu ſçais aux lieux de paix getter le different,
Tu ſçais tirer les vers du nez d'vn requerant,
Et faucher ſoubs le pied le fruict qu'vn autre ſeme.

Tu ſçais trompeuſement piper les veritez,
Tu ſçais galantement preſter les charitez,
Tu ſçais ſubtilement feindre l'homme fidele,

Tu ſçais fauſſer la foy que tu vas promettant,
Tu ſçais eſtre vn poltron: Bref tu ſçais tant & tant
Qu'ignorant eſt celuy qui ſçauant ne t'appelle.

SONET CXLVI.

Ce pendant, mon PASCHAL, que tu fais ton hiſtoire,
Ton doux ſtyle egallant au mieux diſant Romain,
Icy, ſans liberté, vn eſpoir inhumain
Me tient pris en ſes rets, & rit de ſa victoire.

De cent papiers diuers ie brouille ma memoire,
Ie veille en trauaillant du ſoir au l'endemain,

Autre tire le fruict du trauail de ma main,
Qui plus est euidant & moins on le veult croire.

Ce n'est pas tout, PASCHAL, l'infame pauureté
De tant de longs ennuys redouble l'aspreté,
Et fait tous mes pensers aussi fresles qu'vn verre.

Mais plus doux, si i'en ay, me seront les biens faicts,
« Car celuy ne sçait pas que veult dire la paix,
« Qui n'a premierement esprouué de la guerre.

SONET CXLVII.

PASCHAL, ie voy icy ces courtisans Romains
Ne faire tous les iours que masques & boubances,
Que ioustes & festins, & mille autres dispenses,
Ou pour leur seul plaisir, ou bien pour les putains.

Ie voy vn Ganimede auoir entre ses mains
Le pouuoir de donner offices & dispenses,
Toute sorte de briefs, d'indults & d'indulgences,
Et faire impuniment mille actes inhumains.

Ie voy cet Innocent qui mandioyt n'aguiere,
Pour auoir dextrement iouxté par le derriere,
Maintenant viure au reng des plus grans demydieux.

Ie voy le vice infect qui les vertuz assomme,
Ie voy regner l'enuie, & l'orgueil odieux,
Et voilà, mon PASCHAL, des nouuelles de Rome.

SONET CXLVIII.

Que feray-ie, TRVGVET, dy moy que doy-ie faire?
Puisque i'oy ce Prelat qui me deut auancer,
Ne faire en le seruant sans fin que me tancer,
De ce qu'il m'a promis exploitant le contraire.

Si des maux qu'on me fait, tousiours ie me veux taire,
D'vn trop mordant ennuy ie me sens offenser :
Et si ie veux aussi ma pleinte commencer,
Ie crains qu'on ne m'estime assez bon secretaire.

Pour faire donques l'vn & l'autre plus contens,
Et pour garder que plus ie ne perde mon tens,
Ce sera le meilleur de nous partir d'ensemble.

Ie me partiray donc? non, ie demeureray.
Ie demeureray, non : ainçois ie partiray.
Dy moy pour dieu, TRVGVET, dy moy ce qu'il t'en semble.

SONET CXLIX.

I'aymeroy mieux coucher dix nuictz dessus la dure,
Voire dix iours d'yuer demeurer tout botté,
Suyuant la court du Roy nuict & iour tout crotté,
Mal sain, & mal garny d'argent & de monture.

I'aymeroy mieux me voir dans la prison obscure
D'vn marrane Espagnol, quinze iours garroté,

En danger quinze iours d'eſtre ſi mal traicte,
Que d'eau ſeulle & de pain on fit ma nourriture.

I'aymeroy mieux auoir ſur mer vn grand oraige,
Trente iours tout de reng en danger de naufraige,
Mais que de ce danger n'aduinſent les effectz :

Que paſſer aux Griſons la Vrigue & la Berline,
Le pont de Camogaſc, & le pont Arraſine,
Auecques leurs Marrons, & leurs Poiles infectz.

SONET CL.

Si ceux qui n'ont iamais qu'à la vertu ſeruy
Et qui plus ont le cueur plain de grande conſtance
Pour faire, vertueux, à tous maux reſiſtence
Eſtoient francz des tourmens où l'homme eſt aſſeruy,

MVRET n'euſt point eſté faulſement pourſuiuy,
Ni la fieure à preſent ne te feroit nuyſance,
Ny ie ne verroy point contre mon innocence
Tant de meſchans flateurs s'animer à l'enuy.

Mais quoy? mon cher DOLV, egalement Dieu donne, »
Ou du bien ou du mal à chaſcune perſonne, »
Et trauaille ſouuent ceux qu'il ayme le mieux. »

Car les hommes meſchans qui ſont tant de blaſphemes, »
Comme font ces hayneux, ſe puniſſent eux-meſmes »
Sans en laiſſer le ſoing ne le trauail aux Dieux. »

SONET CLI.

THOVROVDE, que ie tien aussi cher que mes yeux,
Pour ce que ton parler rien qui soit ne desguise,
Quand ie te voy parfois alors que ie deuise
De ce galant Rousseau, qui m'est tant odieux :

Ie dy soubdain en moy, comme auez vous, ô dieux !
Permis se ressembler de face en cette guise
Cettui cy qui n'a rien qu'ignorance & feintise,
Et cettuy qui n'a rien qui ne vienne des cieux.

L'vn d'eulx que i'ayme bien me veult vn bien extreme,
Et l'autre me veult mal comme aussi ie ne l'ayme,
Et toutesfois tous deux se ressemblent si bien.

I'en parle ainsi, THOVROVDE, àfin de luy déplaire,
Car le plus grand despit que ie luy sçauroy faire,
C'est de l'acompagner de quelque homme de bien.

SONET CLII.

Après auoir remis Boulongne en vostre main,
Auoir les Escossois sauuez de toute oppresse,
Auoir aux Alemans, d'vne main vengeresse,
Rendu la liberté sur le fleuue Germain,

Auoir d'vn cueur benin & d'vn vouloir haultain,
Des Syennois affligez soulagé la destresse,

Auoir de Corse fait vostre force maistresse,
Et fait vostre Piedmont plus grand & plus certain,

Apres auoir acquis mille & mille autres gloires,
Sans borner toutesfois voz fatales victoires,
La Tresue vient vers vous, mais c'est bien peu d'honneur :

Car vous serez vn iour maistre de tout le monde,
Et dressant l'œil à Dieu, pourrez dire, Seigneur,
A vous touche le ciel, à moy la terre & l'onde.

SONET CLIII.

Ne valoir rien à rien sinon à rapporter,
Ce qu'on dit en secret, afin de mieulx complaire,
A tous les bons esprits tousiours estre contraire
Et sçauoir dextrement poulastres apporter,

Mesdire d'vn chacun, blasphemer & flater,
Se plaire extremement de viure sans rien faire,
Pres des hommes sçauans honteusement se taire,
Et pres des ignorans hardiment caqueter,

Faire entre les paoureux du vaillant Dyomede,
S'adextrer brauement aux ieuz de Ganimede,
Estre en tous bons effects lentement ocieux,

Auoir le cueur peruers tout remply de fallaces,
Estre ingrat, negligent, traistre & malicieux,
Ce sont, mon cher ROVSSEAV, tes vertuz & tes graces.

SONET CLIIII.

Eſtimez vous, LAVRENS, qu'vn eſprit adonné,
Comme ie ſçay le mien à deteſter le vice,
Doiue touſiours captif, demeurer en ſeruice,
Trauaillant nuict & iour ſans eſtre guerdonné?

Si ie ſuis en ſeruant à tort infortuné,
Ie ne fais en ſeruant aucun mauuais office,
Et tel ores ſur moy exerce ſa malice,
Qui en fin, moy abſous, en ſera condamné.

Iupiter euſt iadis pitié de Promethée,
Et quand il eut long tens ſa peine ſupportée,
Il fit occire l'aigle & le fit deſtacher.

Auſſi pourront les dieux quelque fois pitié prendre
Des ennuyz qu'on me donne en cuidant me faſcher,
« Car le mal pour le bien ne ſe doit iamais rendre.

SONET CLV.

EME, que i'ayme tant, monſtre moy par pitié
Le moyen d'euiter les ennuys qu'on me donne :
Car i'en ay tant & tant, helas ! que ie m'eſtonne
Comme i'en puis porter ſeulement la moitié.

Ie voy beaucoup de gens m'offrans leur amitié
Auec mille bons motz, mais ie ne voy perſonne

Qui iamais les effectz au parler parangonne,
Et qui ne m'vse en fin de quelque mauuaistié.

Si ie sçauois flatter, courtiser, & mesdire,
Faire le bon valet, dire les motz pour rire,
Et bien hypocriser, ie serois tout parfait :

Mais pource que ie suis fidele & veritable,
Que ie sers bien mon maistre, & que ie suis aymable,
Vn chacun me veult mal, & dit mal de mon fait.

SONET CLVI.

Ie m'efforçoy d'enamourer la belle
Qui de ses yeux fait le monde amoureux,
Non point pour moy, mais pour vn langoureux
Qui se mouroit cent fois le iour pour elle.

Alors qu'vn soir ma fortune fut telle,
Que ie deuins moymesme desireux
Du bien, duquel ie taschoy faire heureux
Celuy pour qui ie faisoy la querelle :

Elle qui ià dedans son cueur sentoit
Le mesme mal qui le mien tourmentoit,
S'en apperçeut, & d'vne ardeur extreme

Me dit ainsi : Ne te plains pour autruy,
Mais pour toy seul, si tu sens quelque ennuy,
Car plus qu'à nul on attouche à soymesme.

SONET CLVII.

D'vn vieil mary, d'vn maiſtre rigoureux,
Et d'vn valet aſſez ne me puis plaindre,
Car c'eſt par eulx que ie ne puis ateindre
Au bien d'amour qui me fait langoureux.

Madame dit que ce n'eſt que par eulx
Qu'elle ne peult ma grand' ardeur eſteindre,
Et qu'elle en meurt, mais qu'il fault touſiours craindre
Mary, & Maiſtre & Valet dangereux.

Ie le ſçay bien, mais l'amour qui me poingt
Veult qu'aux dangers ie ne regarde point,
En eſtimant la difficulté moindre.

Ce que ie veulx, elle le veult ainſi,
Ce qu'elle veult, ie le veulx bien auſſi,
Et toutesfois nous ne nous pouuons ioindre.

SONET CLVIII.

PRELAT, ſur qui i'ay mis toute mon eſperance,
Preſterez vous touſiours l'oreille à ce flateur?
Adiouſterez vous foy touſiours à ce menteur
Qui ne vault rien à rien ſinon qu'en aparence?

Cherirez vous touſiours ſa brutalle ignorance?
Soufrirez vous touſiours qu'il ſoit ſi detracteur

Et qu'il mesdise ainsi de ce bon seruiteur,
Qui seul & seur vous sert aux choses d'importance?

Permettrez vous qu'on die ainsi publiquement,
Que vous monstrez auoir bien peu de iugement
De fauorir si fort vne si grande beste?

Orrez vous point vn iour comment le monde dit,
Qu'il ne reçoit de vous ny faueur ny credit,
Que pource qu'il conduit voz ieux de la brayette?

SONET CLIX.

PRINCE qui m'as chery par dessus mon merite,
Te monstrant desireux d'estre seruy de moy,
Il me plaist de descrire vne chose de toy,
Qui en prose n'en vers ne fut oncques descrite.

L'immortelle Vertu dans ton Palais habite,
Pour compagnes ayant & l'amour & la foy,
Le repos, la raison, la iustice & la loy,
Qui pour l'or corrompeur ne s'apaise, n'irrite.

Sur le maistre portail est esleué l'honneur,
Ayant au costé droict, vestu d'or, le bon heur
Qui porte dans sa main deux cornes d'abondance.

De l'autre flanc on void la liberalité
Qui t'aquiert vng renom en l'immortalité,
Qui fera pour iamais viure ton Excellence.

SONET CLX.

Qu'on ne me parle plus, GILIBERT, de la gloire
Qu'acquit iadis ça bas Hercule l'indompté,
Que nul de ſes trauaux ne me ſoit raconté
Pour me faire plus grand ſon merite notoire.

Qu'on ne me parle plus de l'inſigne victoire
Dont Theſée gaigna ſon immortalité,
Ny de nul autre Heros: car en ma qualité,
Plus digne ie me ſens d'eternelle memoire.

On doit plus eſtimer ceſt effort que i'ay fait,
Que d'auoir vaillamment mille monſtres deffait,
Et eu mille lauriers en guerdon de ma peine:

Car contre la couſtume, & l'eſpoir d'vn chacun,
Ayant couru, veſcu, & pris ſur le commun,
I'ay rapporté de Rome, & ma barbe & ma cheine.

RESPONSE.

Six & ſix fois ſans plus Hercule a eſprouuée
Sa force, mais tu as mille aſſaux ſouſtenu
Dedans Rome, & t'en es à la fin reuenu
Triomfant pour ta barbe & ta cheine ſauuée.

Ta gloire ſera donq' ſur la ſienne éleuée
Par celuy qui aura les Harpies cognu

Qu'il t'a falu combatre, & qui ont retenu
Ta vertu, qu'elles ont leur maiſtreſſe trouuée.

La chaine du François, par couſtume ancienne,
Fut touſiours le butin de la putain Romaine,
Mais la tienne a vaincu cette auare rapine:

Si bien, qu'eſtant ce fait de prés conſideré,
Il ſemble que tu as des Enfers retiré
Le propre rameau d'or qu'on donne à Proſerpine.

SONET CLXI.

Amour a fait de moy vn Enfer tout nouueau,
Où ſuperbe il ſe tient gouuernant comme maiſtre,
Et d'autant de tourmens qu'aux Enfers on dit eſtre,
D'autant ou plus encor' il m'emplit le cerueau.

Vn Tantale ie ſuis pres des fruictz & de l'eau,
Mourant de fain & ſoif ſans me pouuoir repaiſtre:
Au nombre de ces Sœurs auſſi lon me peut mettre,
Qui s'efforcent d'vn crible épuiſer vn ruiſſeau.

Vn Ixion ie ſuis, qui moy-meſmes me tourne
Et me fuys & me ſuis, & iamais ne ſeiourne:
Vn Siſyphe ie ſuis tout chargé de ſoucy.

Mon œil eſt vn vray Stix, vn Vulcan mon haleine,
Mais par tel point Amour me fait ore eſtre ainſi,
Qu'il me plait ne bouger iamais de ceſte peine.

S..

SONET CLXII.

Si tu veux, COMPAGNON, estre estimé plus sage,
Il te fault gouuerner vn peu plus dextrement,
N'estre trop excessif en ton acoustrement.
Pour ne porter iamais acoustrement en gaige.

Estre modeste à table, & modeste en langage,
Escroquer les putains vn peu plus rarement,
Et ne ioüer iamais, contre ceux mesmement
Qui se moquent de toy quand ils ont l'auantage;

N'emprunter que le moins que tu pourras d'aucun,
T'aquiter quand tu peulx à l'endroit d'vn chacun,
Courtiser vn peu mieux que tu ne fais ton maistre.

N'aller faire l'amour sans apporter dequoy,
Ne faire des festins à plus riches qu'à toy,
Et c'est comme plus sage estimé tu dois estre.

SONET CLXIII.

S'il est ainsi que vous m'aymiez, Maistresse,
Et que mon cueur vous ayez accepté,
M'ayant le vostre en change presenté,
Ayez pour dieu pitié de ma destresse.

Le mesme mal qui vostre esprit oppresse
Est celuy-là dont ie suis tourmenté,

Rendez en donc l'vn & l'autre exempté,
Et en plaisir changez nostre tristesse.

Ce qui vous deult cause que ie me deulx,
Mais de vous vient la santé de tous deux;
Rendez vous donc de cest ennuy deliure:

Car cil qui souffre & qui se peult guerir, »
Et toutesfois ne se veult secourir, »
Est malheureux, & indigne de viure. »

SONET CLXIIII.

Tant de diuers pensers naissent de mon penser,
Que pour penser si fort ie ne sçay que ie pense,
Et en tant de façons mes pensers ie dispense,
Qu'en pensant ie ne sçay comment les dispenser.

Ie voy bien qu'on deburoit mon mal recompenser,
Mais ie voy toutesfois mon mal sans recompense,
Et tant plus à mon bien moy-mesmes ie m'auance,
Et tant moins à mon bien on me veult auancer.

Tout mon bien & mon mal mon penser me fait naistre,
Or' de mal or' de bien me forçant de me paistre,
En faisant mes espritz & marriz & contens.

Tout ce que ie demande il m'accorde & refuse,
Et faisant mon attente apparente & confuse,
Il me blece & guerit tout en vn mesme tens.

SONET CLXV.

D'vn mesme traict, d'vne mesme estincelle,
Et de l'erreur d'vn mesme amoureux retz,
Amour nous blece, enflamme & tient serrez
Dans la prison d'vne douce pucelle.

Mais le pis est que mon ardeur ie celle,
Et que tu fais entendre tes secretz,
Tandis, GVYON, que fondant en regretz
Ie la depeins immortellement belle.

Ses priuaultez & ses doux traictemens
D'vn tel apast temperent tes tourmens
Que tu ne peulx que sans raison te plaindre.

Moy affamé, non ialoux d'vn tel heur,
Pour exprimer viuement ma douleur,
Le seul moyen ie ne sçaurois attaindre.

SONET CLXVI.

Puisque si vainement contre moy te trauailles,
Et que ton rude effort te demeure inutil,
Ne seme desormais en lieu tant infertil
Le fiel & la poison de tes ordes entrailles.

Ailleurs, monstre ialoux, ailleurs fault que t'en ailles,
Mon cueur ébrechera ton venimeux oustil,

Si bien que ton pouuoir tant aiguisé soit il
Sentir ne me fera tes mordantes tenailles.

Sus donc, va t'en cruël, pere de desespoir,
Cruël va t'en ailleurs exercer ton pouuoir,
Ou toy mesmes en toy fais preuue de ta rage.

Car maugré tes effortz, ie veulx tout oultre aymer
Tout ce que ma dame ayme, & si veulx estimer
Tout cela qu'elle estime à ton desauantage.

SONET CLXVII.

Quand voz beaulx yeulx, Dame, où loge mon cueur
Seront lassez de me faire la guerre,
Et que la mort m'aura mys sous la terre
Froid, palle & vain sans ame ne vigueur:

Sur mon tombeau n'arriue la langueur,
Ains à iamais par entrelaz y erre
L'ombrageux pié du verdissant hyerre,
Et du matin la plus douce liqueur.

L'amome aussi & le mastic y naisse,
A celle fin que l'abeille s'en paisse,
Pour puis apres y respendre son miel,

Et deux fois l'an (par vœu qui ne se rompe)
Les doctes Sœurs descendentes du ciel
Y viennent veoir ceste nouuelle pompe.

SONET CLXVIII.

L'arbre est desraciné dont i'attendois le fruict,
Le soustien est rompu dont i'apuyois ma vie,
La diuine beauté que i'aymois m'est rauie,
Et pour moy le soleil ores plus ne reluyt.

C'est raison que ie pleure & de iour & de nuict,
Et que tous mes pensers à cette heure i'oublye,
Puis que de mon amour l'esperance est faillie,
Et qu'en si pauure estat ores on m'a reduict.

Lors que mon ame estoit plus fort enamourée,
Et que mon esperance estoit plus asseurée,
Vn depart m'a priué du bien que i'atendoy.

Las! est ce la mercy que ie deuois pretendre?
Las! est ce le repos que ie deuois attendre?
Las! est ce le guerdon qu'on deuoit à ma foy?

SONET CLXIX.

Les astres clers éparsement semez
Ià par le ciel commençoient leur carriere,
Quand delaissant toute crainte en arriere,
Ie regarday voz soleils enflammez:

Mais tout soudain mes espritz animez
Furent rauiz par si belle lumiere,

Moy despouillé de ma franchise entiere,
Et de mon cueur les desirs alumez.

Ainsi le bras de l'archer qui m'entame
Darde ses traictz au plus vif de vostre ame,
Vous embrasant de l'ardeur qui me cuyt:

Afin qu'vn temps, nous rencontrans ensemble,
De noz moytiez l'vne en l'autre s'assemble,
Soubz la frescheur d'vne pareille nuict.

SONET CLXX.

Ie vouldroy bien chanter les louanges de celle
Par laquelle mon heur me fait egal aux dieux,
Et par qui le tourment m'est plaisir gracieux,
Tant elle est douce, honneste & gente damoiselle.

Mais ie crain que mon stille & ma voix ne soit telle
Qu'il la fault, pour chanter subget si precieux,
Et qu'en taschant la dire & la loger aux cieux,
Ie ne face son bruyt & sa gloire moins belle.

» Toutesfois le vouloir cestuy la recommande
» Qui s'enflamme l'esprit d'vne entreprise grande,
Et vn soleil si beau ne peult estre obscurcy.

Ie veulx doncques chanter ses beaultez sur ma lyre,
Et si son nom par moy n'est assez esclercy:
I'allegeray au moins quelque peu mon martire.

SONET CLXXI.

Qui desire sçauoir quelle chose est amour,
Se forme en son penser, afin de le comprendre,
Vn vieillard rigoureux, vn enfant doux & tendre
Qui cherche en son dommage vn vtile seiour,

Vn desir qui nous trompe en attendant vn iour
Qui emporte noz iours sans les laisser reprendre,
Vn desespoir certain, vn incertain pretendre,
Qui va tousiours auant & n'a point de retour,

Vn mespris de la paix pour auoir de la guerre,
Vn voler iusqu'au ciel sans se bouger de terre,
Vn mourir de chaleur en l'yuer plus extreme,

Vn escrire sur l'onde, vn bastir sur le sable,
Vn viure desplaisant, vne mort agreable,
Et pour aymer autruy vouloir mal à soy mesme.

SONET CLXXII.

Voz celestes beaultez, Dame, rendez aux cieux,
Et aux Graces rendez voz graces immortelles,
Et rendez voz vertuz aux neuf doctes pucelles,
Et au soleil rendez les raiz de voz beaux yeux.

Rendez, dame, rendez vostre riz gracieux,
Et de vostre beau sein les pomettes nouuelles

A la mere d'amour, qui les ſeit ainſi belles,
A fin d'enamourer les hommes & les dieux.

Rendez à Cupidon ſon arc & ſes ſagettes,
Dont vous rendez ſi bien les perſonnes ſubgettes,
Et puis ayant rendu ces diuines beaultez,

Et toutes ces vertuz d'où vous les auez priſes,
Vous verrez qu'en rendant ces graces tant exquiſes,
Vous vous trouuerez ſeule auec voz cruaultez.

SONET CLXXIII.

Diuin DVTHIER, *que le ciel n'a fait naiſtre*
Que pour ſeruir aux affaires des Roys,
Quand à ton loz vn œuure ie feroys,
Oy ie te pry, ce que i'y vouldroy mettre,

Que ton eſprit eſt tel qu'il ſçauroit eſtre
Pour en vn temps ſeruir en mille endroictz,
Et que des plus difficiles deſtroictz,
Facilement ton eſprit ſe depeſtre.

I'y voudroy mettre auec ta qualité,
Tes biens, ton heur, ta liberalité,
Ton cœur ouuert, & tes mains voluntaires.

Et ne vouldrois oublier le ſçauoir,
Et la vertu qui d'vn iuſte deuoir
Te fait priſer ſur tous les ſecretaires.

SONET CLXXIIII.

Ceſſez mes yeux de plus larmes eſpendre,
Et vous mon cœur de plus vous tourmenter,
Car celle là qui nous fait lamenter
S'en vient vers moy pitoyable ſe rendre.

Mon mal enfin elle a voulu comprendre,
Sans le vouloir dauantage augmenter,
D'vn ſi grand bien me venant contenter,
Qu'impoſſible de plus grand en attendre.

Elle m'a dit que mes trauaux paſſez,
Mon amytié luy teſmoignoyent aſſez,
Et qu'ell' vouloit me geter hors de peine,

Ne ſe voulant faire ingrate eſtimer:
Mais qu'il faloit, ains qu'eſtre plus humaine,
Qu'ell' me congneuſt auant que de m'aymer.

SONET CLXXV.

Ie ne diray iamais les cauſes de ma peine,
Mais trop bien à iamais ie diray que ie ſuis
Le miſerable auteur de mes propres ennuys,
Cauſant moy meſme en moy cette angoiſſe inhumaine.

Mon mal vient de mon bien, & le dueil que ie meine
Naiſt d'vn plaiſir parfait, qu'obtenir ie ne puis,

Ayant mes pauures ſens ſi malement reduits
Qu'ilz ſe meurent de ſoif aupres de la fonteine.

I'auoy tant pourſuiuy qu'on m'auoit acordé
Le bon tour que i'auoy longuement demandé,
Mais quand ce vint au point que ie le pouuoy prendre,

Ie deuins impotent, & ne ſçeuz faire rien,
De ſorte que priuant moy-meſme de mon bien,
Ie priuay mon eſpoir pour iamais d'y pretendre.

SONET CLXXVI.

S'amour m'a fait le bien que de luy lon deſire,
Lors i'ay deſcrit le bien que i'ay receu de luy:
Et s'il m'a tourmenté d'vn langoureux ennuy,
Ma langueur ſeulement i'ay pris peine à deſcrire,

Auſſi quand mon Rouſſeau enragé de meſdire
M'a trauaillé l'eſprit comme il fait auiourd'huy,
I'ay deſcrit ma conſtance, & l'iniure de luy,
Et c'eſt comme i'ay fait ces vers que ie ſouſpire.

Selon les paſſions où i'ay eſté ſubmis,
Ou bien, ou mal, d'amour, ou de mes ennemys,
I'ay deſcrit chacun iour la cauſe toute telle.

Et c'eſt pourquoy, DVTHIER, on void dedans ces vers
Par cy, par là, meſlez tant d'arguments diuers
Et que plains de ſouſpirs, Souſpirs ie les appelle.

FIN DES SOVSPIRS.

S·IOANNES·

IN PRINCIPIO ERAT VERBUM

BIBLIOTHÈQUE D'UN CURIEUX

Volumes in-12 écu, imprimés ſur papier de Hollande.
Chaque volume : 5 fr. & 7 fr. 50.

Les Contes de POGGE, traduits par M. RISTELHUBERT. 1 volume (épuiſé).

FERRY JULYOT. *Les Élégies de la belle fille lamentant ſa virginité perdue*, avec introduction & notes par E. COURBET. 1 vol. (épuiſé).

Poéſies diverſes attribuées à Molière ou pouvant lui être attribuées, recueillies & publiées par le BIBLIOPHILE JACOB. 1 vol. (épuiſé)

Les Dialogues de TAHUREAU, avec notice & index par F. CONSCIENCE. 1 volume . . . 7 50

*Les Gayetez d'*OLIVIER DE MAGNY, avec notice par E. COURBET. 1 vol. (épuiſé).

*Les Contes & facéties d'*ARLOTTO, avec introduction & notes par RISTELHUBER. 1 vol. . 5 »

Les Quatrains de PIBRAC, avec notice & notes par JULES CLARETIE & E. COURBET. 1 vol. 5 »

Les Serées de GUILLAUME BOUCHET, avec notice & index par ROYBET. 5 vol. chaque vol. 5 »
Les deux premiers volumes ſont en vente.

Le Cymbalum mundi par BONAVENTURE DES PÉRIERS, avec notice & notes par FRANCK. 1 vol. 7 50

EN PRÉPARATION :

Les Comptes du monde aduantureux.

Les Matinées de CHOLIÈRES.

Contes & joyeux Devis par BONAVENTURE DES PÉRIERS.

Il eſt tiré quelques exemplaires de cette collection ſur papier de Chine, au prix de 25 fr. le volume.

www.ingramcontent.com/pod-product-compliance
Ingram Content Group UK Ltd.
Pitfield, Milton Keynes, MK11 3LW, UK
UKHW031901260826
14628UKWH00002B/926

9 782019 972943